季歌十二月

講談社学術文庫

目次

一月

二月

五月

六月

七月

八月

九月

秀歌十二月

一月

初春《はつはる》の初子《はつね》の今日《けふ》の玉箒《たまははき》手に執《と》るからにゆらぐ玉《たま》の緒《を》（万葉集巻二十・四四九三）

大《おお》伴《ともの》家《やか》持《もち》

天平宝字二年春正月三日、孝謙天皇は諸王諸臣を内裏《だいり》の東屋に召して玉箒を賜い、肆宴《とよのあかり》をきこしめした。おのおの歌を作り詩を賦《ふ》して奏上せよ、とのみことのりがあり、その時、右中弁大伴家持の作った歌だが、大蔵の事務が忙しくて奏上できなかった。

歌意は、「初春のめでたい初子の日に際して今日たまわった玉箒はちょっと手に取ってみただけで、もうその玉の緒がゆれて何ともいえずすがすがしい気持だ」、というくらいで明瞭である。

正月三日は丙子《ひのえね》で初子の日に当たっていた。この日は天皇はおんみずから玉箒をもって蚕《こ》棚《だな》をお払いになり、また鋤鍬《すきくわ》をもって農耕のわざを示された。そうして豊年をことほぎ邪気を払って万民の福祉を祈願なされた。玉箒は正倉院に蔵《ぞう》されており、いつかの年の正倉院展に出陳されたことがあるから、見た人も多いと思うが、キク科のコウヤボウキという落葉の小灌木《しょうかんぼく》。春日《かすが》、若草山などの裏がわの山地によく見うける雑草で、秋季枝先に白い花を咲かせ、それがほほけて年を越え春まで散らない。私の書斎には現にそれがいけてある。これをくくり束ねて飾りの玉を付けた美しくもかわいらしい箒である。正倉院御蔵の玉箒の傍に鋤があり、その一に「東大寺子日献天平宝字二年正月」の記号がある。まさしく家持がこの歌を作った時の鋤であることがわかる。

初春の初と、初子の初が重なっているけれど、けっして耳ざわりを感じない。むしろ快いしらべの前奏曲をなしている。「初子の今日」はその日がそれに当たっていたからだが、「の」の助辞をたくみにつかって玉箒と三句でちょっと息を入れ、それを受けて「手に執るからにゆらぐ玉の緒」と結んでいる。「からに」などは現代人が話しことばの中にさえつかっているが、玉箒の玉を貫いた緒がゆれて玉が触れ合う。その鳴りひびく音のこのように清くすがしく、とうとくも感ぜられるのは、単に流麗な歌調だけではない。また、奏上しなければならぬゆえに特に努力したというだけでもない。それもあろうが、やはり家持の人間だ。そうして家持の家系だ。みずから範を示して大伴一族を諭《さと》したりするほどの立場と、それにそれだけの年齢にも達していた。いいがたき気品と荘重感あるすぐれた一首である。

あらたしき年《とし》の始《はじ》めの初春《はつはる》の今日《けふ》降る雪《ゆき》のいや重《し》け吉事《よごと》（同四五一六）

大伴家持

前の歌から一年経った天平宝字三年春正月一日、因幡《いなば》国庁で国司としての家持が属僚郡司らに饗《きょう》した時の歌。家持は二年六月に因幡の国守に任ぜられて都を去り、地方長官となっていたのである。

あらたしきはあたらしきで、どちらも新しきと記される。そうして「重け」は重なれである。歌意は、「新年となった、春のはじめだ。このめでたい春のはじめに降る雪のように、いよいよ吉事慶事が重なるように」、との願いをこめていて隠れた意味はなさそうだけれど、どことなくしらべに悽愴《せいそう》のおもむきが感じられる。新年を祝う吉祥歌であるにもかかわらず、それを感じるのは家持に対する同情のゆえであろうか。家持は新興藤原氏らの権勢に抗しかねて、天忍日命《あめのおしひのみこと》以来の栄えある名門大伴家の再興をはかりながら、しかもついに亡びゆく最後の人であり、また万葉集編集の功績者としての、そうしてこれは万葉集全二十巻最後の歌なのである。

私は戦争中、家族を鳥取県に疎開させていたが、昭和二十一年のそれこそまさしく正月の三日の日であった。鳥取市から四、五キロほどある宇倍野村にそのまつりごとどころのあった国府まで歩いて行った。雪深い道を行きなずみながら、五、六個の石をめぐらして、そこに建てられてある自然石の碑を仰ぎみた時、私は感慨に堪えなかった。荒涼たる風景だった。その歌をくり返しくちずさみながら、乞食のような格好をしているとはいえ、戦争が終わってはじめて迎えた正月だった。私は涙が流れて仕方なかった。

＊

はるかなる岩《いは》のはざまにひとりゐて人《ひと》めおもはで物思《ものおも》はばや（新古今集）

西《さい》行《ぎょう》法《ほう》師《し》

巻第十二、恋歌二に出ているから、まさしくこれは恋歌である。西行は若くして出家遁世《とんせい》している。その原因を恋に破れたゆえだとする人もあるが、今はそのことに触れぬとしても、西行は恋歌を数多く作っている。

その家集『山家集』を見ても三十首ぐらい、また、五十首ぐらいの連作の他に「恋百十首」と題する大作もある。出家の身で何をなまぐさなというものもあるが、西行も人間だからと弁護するよりは、それが新古今時代というものなのだ。恋歌を作らないようなものは歌人でなかった。歌人の仲間に入れられなかった。

おそらくこの時代恋歌を作らなかったようなものは一人としていないはずだが、まして人一倍血の気の多い西行のことだ。恋歌を作るのはきわめて当然、その出家遁世にしても身や世をはかなんでのそれではない。かえって自由にわがままにふるまいたいためのそれは積極的な生き方であったとさえ思わしめる。だからこそ緇衣《しえ》の身でありながら臆する色はさらにない。恋歌の百ぐらいは興あらばたちどころに作ったのである。

けれども西行の恋歌は、その四季自然の風物風景や、または孤独な彼の人間性や思想を歌った多くの歌にくらべて割合に人気がない。西行の恋歌など知れたものだと思っているようだが、これは西行研究の国文学者たちにも罪があり、また、万葉集一辺倒で、新古今集などをよく読みもしない現代歌人らの怠慢もあろうが、そうして確かに屑《くず》歌もたくさんあることだけれど、ここに挙げた歌など、どうして大したものだ。

「はるかなる岩のはざまに」は、人里遠く離れた山の岩の間にということだが、こう解釈すると元も子もなくなる。歌そのままの言葉で味わわねばならぬ。岩の間に身をひそめて、「人めおもはで」すなわち人に見られることなく、「物思はばや」だ。恋しい人を思いたいというのだが、万葉以来このころはまだ「物思ふ」というのは恋しい人を思うということで、現代のように、人以外のいろいろの物をいうのでなかった。ともあれはなはだ近代的な感じのする歌で、しずかだけれどその感情は強く端的に表現されていて、新古今集中恋歌の絶唱、これに及ぶものなしと断じたい。

年《とし》たけて又《また》こゆべしと思《おも》ひきやいのちなりけりさ夜《や》の中山《なかやま》（同）

西行法師

よく人口に膾炙《かいしや》している西行の代表作、西行傑作中の傑作である。これには、「あづまのかたにまかりけるに、よみ侍《はべ》りける」の詞書《ことばがき》があり、異本山家集には「東の方へ、あひしりたりける人のもとへまかりけるに、さやの中山見しことのむかしになりたりけるを思ひ出られて」などの詞書があり、東鑑《あずまかがみ》記載のごとく、奥州に同族の藤原秀衡《ひでひら》をたよりとして、東大寺重源《ちようげん》上人との約による、東大寺再建勧進の沙金を得るための大旅行で、伊勢の庵寓を出たのが文治二年初秋のころ、途中鎌倉で頼朝に謁《えつ》し、下野《しもつけ》を通り、白河関を越え、そうして平泉に着いた。この頼朝との会見の有様はまことに興深く、考えさせられることも多いが、ともかく西行が初めての東国下りしたのは二十六歳の時だったから、今回は四十年ぶりということになる。

さやの中山はさよの中山ともいわれ、現在の国道一号線、旧東海道の日坂より菊川に至る坂路である。年をとって再びこのようなさやの中山を越えようなどとは思いもしなかったのに、いのちがあったればこそというだけのことだが、この深い思い入れに似た巧みな上三句を受けて、四句に「いのちなりけり」の詠歎語をさしはさんだのは老練というほかない。けれどかような評語は一切無駄だ。この「いのちなりけり」は到底散文ではいえない。数百数千語を費やしても如何ともいい尽くせない。千万無量の思いがこもっている。

＊

くやしまむ言《こと》も絶《た》えたり炉《ろ》のなかに炎《ほのほ》のあそぶ冬《ふゆ》のゆふぐれ（歌集・小園）

斎《さい》藤《とう》茂《も》吉《きち》

歌集『小園《しょうえん》』（第十五歌集）は昭和十八年から二十一年に至る茂吉六十二歳から六十五歳までの作を収めている。二十年の四月に郷里山形県南村山郡堀田村金瓶《かなかめ》に疎開し、ここで八月十五日の敗戦をむかえた。戦争に対しては日中事変当初よりひたむきの情熱をささげ、誰よりもおびただしく、またすぐれた歌を作って国民歌人の第一人者なりと自他ともに相許していただけに、茂吉にあってはこの敗戦は言語を絶する痛恨事であり、その精神的打撃は深刻極まるものがあったと思われる。

この歌は「金瓶村小吟」中の一首だが、それを思い、これを読むと「くやしまむ言も絶えたり」と言わねばならなかった真情がおしはかられて、ひとしおにあわれを催すのである。

後悔は幾らしてもおよばないのだ。だから後に

沈黙《ちんもく》のわれに見《み》よとぞ百房《ひゃくふさ》の黒《くろ》き葡萄《ぶだう》に雨《あめ》ふりそそぐ

などとも詠んでいるが、この時はまだ沈黙するまでの心境に至っていない。激しい性分の茂吉が一生懸命に自分を抑制している。抑制しきれずにようやく絶望に似たうめきごえを発したのがこれなのだ。「言も絶えたり」にはそういう沈鬱《ちんうつ》のひびきがこもっている。この上二句を受ける三句以下は、火の燃える炉の状態をありのままに叙しただけだが、そこにおのずからなる主客媒介の妙を生じ、えもいいがたき実を挙げて渾然《こんぜん》たる一首をなし得たのである。ありのままにといったけれど、これが茂吉でなかったらとうてい「炎のあそぶ」などとはいい得まい。ここにも茂吉ならではの妙味がある。敗戦を悲しむ詩歌は数多くあらわれたけれど、これほど深くしずかに身に沁《し》みわたるものは一つもなかった。

雪《ゆき》の中《なか》より小杉《こすぎ》ひともと出《い》でてをり或《あ》る時《とき》は生《しよう》あるごとくうごく（歌集・白き山）

斎藤茂吉

『小園』につづく第十六歌集が『白き山』で、昭和二十一年から二十二年まで。茂吉六十五歳から六十六歳の二年間の作を収めている。二十一年一月、金瓶村から更に北方の大石田に居を移した茂吉は、ここで間もなく重い病の床に臥し、苦悩に呻吟《しんぎん》し孤独の寂寥に堪えながら、しかもよく努めて晩年におけるまた一つの新しい境地を開くに成功した。この歌は、

道《みち》のべに蓖麻《ひま》の花咲《はなさ》きたりしこと何《なに》か罪《つみ》ふかき感《かん》じのごとく

やまひより癒《い》えたる吾《われ》はこころ楽《たの》し昼《ひる》ふけにして紺《こん》の最上川《もがみがは》

などからはじまる「ひとり歌へる」と題する四十一首ほどの群作の中の一首だが、他にもっとすぐれたのがあると思うにかかわらず、妙に心をひかれる。最上川に近い山原なのだろう。なべての草木は深い雪におおわれて見えないのに、一本の小杉だけがその雪の中に黒い梢《こずえ》を出していて、吹くともなき風にひとりゆれ動く。それはまったく「生あるごとく」生きもののように思えた。私はこの歌にさびしい茂吉の心境を読み取った。茂吉は情熱の人だ。すぐに激怒したり喧嘩したり、しかもけっして敗けたとはいわぬ強情者だが、茂吉は限りなくさびしい人なのである。

この歌の発表されたころだったろう。落ちぶれた茂吉の姿が新聞か雑誌に載ったことがある。旧式の頭巾を被り、長いこれも旧式のマントを引きずって、何というのかあのぶざまな藁《わら》ぐつをはいて雪のなか行く茂吉の写真。それは大石田での写真だったが、私は胸のつまる思いをした。たちまちそれを十五首の歌に作り「斎藤茂吉氏におくる」と題して、書き下し歌集『紅梅』に収めた。むろん茂吉に一本を献呈したが、端書ではあったけれど毛筆で数行を丁寧にしたため、「深く感謝す」と礼を述べられた。昭和二十二年早春の頃だった。

＊

旅《たび》にしてもの恋《こほ》しきに山下《やました》の赤《あけ》のそほ船沖《ふねおき》に榜《こ》ぐ見《み》ゆ（万葉集巻三・二七〇）

高市黒人《たけちのくろひと》

「高市連黒人《たけちのむらじくろひと》の羇旅《きりょ》の歌八首」のうち、七首までがそこの地名を詠みこんであるのに、はじめに置かれたこの一首だけがいずこの歌であるかわからない。けれど二首目は尾張の年魚市潟《あゆちがた》を詠んだ歌だから、その海の伊勢湾と思ってもよいし、また、近江の海の歌が二首あるから、その湖を考えてもよいだろう。その他いずこであろうとさしつかえない。この歌の情景にふさわしい海や湖を自由に思い浮かべて読み味わえばよいのである。この八首は前後のかかわりもなく、ただ雑然とならべられてあるだけだから、純粋に鑑賞しようとする人にはかえってつごうがよいくらいだ。せんさくしてもはじまらない。こざかしい知恵を不要として、この歌はぽつんと独立しているみたいだ。

旅にあって、ものさびしく、切ない思いでいるのに朱《しゅ》塗りの船が一つ沖の方を漕《こ》いで行くのが見える、というのである。「赤《あけ》のそほ船」の「そほ」は「赭土《あかつち》」で、赤土からとった塗料で塗りこめた船をいう。民船と区別するため官船はみな朱塗りであった。その官船を断崖の上、峠の道を歩きながら見ていたのだろう。官船とはいっても小さな船だ。その小さい赤い船がまっ青な沖を通って行く。その船は物資も積んでいようが、また任官の役人たちも乗っているだろう。その船を見たのだから都からきた旅行者としてはいっそう「もの恋しき」

思いをしたともとれる。なおこの「山下の」は「赤《あけ》」にかかる枕詞《まくらことば》として解するのもあるが、もうひとつ熟していないようだ。「山下の」が「山下を」であったら、このような枕詞説は出ないはずだが、「山下を」では型どおりの説明になって弱い。また「赤のそほ船」をいったために沖を説明する必要がなかった。赤の反対色としての青を、その沖の青さをいわずして感じさせる。それらもこの歌のよいところで、はでではなく、しずかにその哀愁を歌いあげているあたり、同時代の人麿や赤人とはまたちがった感銘を受ける。

吾《わ》が船《ふね》は比良《ひら》の湊《みなと》に榜《こ》ぎ泊《は》てむ沖《おき》へな放《さか》りさ夜《よ》ふけにけり（同二七四）

高市黒人

自分の乗っている船は比良の港に泊《と》まるはずだ。だから湖岸を離れてあまり沖へでない方がよい。それに夜もふけたことだからと心に思っている。が、船はそのような乗客の思いとは別にまっすぐに暗い沖を進んでいたのだろう。「榜ぎ泊てむ」と三句で息をつぎ、四句「沖へな放り」と禁止の副詞「な」にやや力をいれて「さ夜ふけにけり」と不安そうに歌いおさめた。

この歌は、前の歌とともに黒人のもっとも黒人らしい歌として、私は愛誦するのである。けれども世間の人気はこれらにあるのではなく、黒人のなかから人麿的なものを見いだして

それをよしとしていたようである。だからこれらの歌よりは同じ羇旅の歌八首中でも、

桜田《さくらだ》へ鶴鳴《たづな》きわたる年魚市潟《あゆちがた》潮干《しほひ》にけらし鶴鳴《たづな》きわたる（同二七一）

何処《いづく》にか吾《われ》は宿《やど》らむ高島《たかしま》の勝野《かちぬ》の原《はら》にこの日《ひ》暮《く》れなば（同二七五）

これらの方が評判がよい。そうして私もそれに賛同していたのだ。しかし次第に見方が変わってきたところへ折口信夫《おりくちしのぶ》の説に誘導された。むろん人麿には及ばないし、そうして赤人ともまたちがうけれど、黒人には黒人の本領ともいうべきもののあるのを知った。その多くが東海道の海辺、琵琶湖の水や船を歌っているのも特徴的だが、その歌の心は繊細である。しかしけっして弱いのではない。たよりないしらべのようにみえても案外にひきしまっていて、瀟洒《しようしや》な感じだ。適当な軽みがあり細みもあって、どこか近代的なにおいがする。それが黒人の歌のよいところだが、当時でも人びとに愛誦せられていたらしく、「吾が船は」の歌は「比良」が「明石」に変えられて人麿歌集にはいっている。

吾《わ》が船《ふね》は明石《あかし》の湊《みなと》に榜《こ》ぎ泊《は》てむ沖《おき》へな放《さか》りさ夜《よ》ふけにけり（同巻七・一二二九）

＊

君《きみ》がある西《にし》の方《かた》よりしみじみと憐《あは》れむごとく夕日《ゆふひ》さす時《とき》（歌集・白桜集《はくおう》）

与謝野晶子《よさのあきこ》

夫寛《おっとひろし》（鉄幹《てっかん》）に死別して、あとにのこった晶子のある日の述懐である。西の方はむろん西方浄土で、そこに亡き夫がいる。そこからひとりとなった自分をあわれむように夕日が射すというので、普通人と同じ悲しみをしている。それでよいのだし、それだから心にしみわたる。そのいうように「しみじみ」として、そうして作者を「憐れ」に思うのである。昔の晶子なら「憐れ」など思われたくなかっただろうし、またこうしたしおらしい歌は作らなかったはずだ。「普通人と同じ」などといわれたらさぞ腹を立てたことだろうが、年老い、夫を亡くしてようやく思い知ったのか。

そんなことはないのである。何もかも知っていた人である。知ってはいても普通人にはなれなかった。世間がさせてくれなかったのだ。天才の悲劇とでもいうのであろうか。たとえその歌がどんなにつまらないにしても、一世紀に一人出るか出ないかの大歌人なのだ。それは一歌壇内のことではない。天下の晶子としてその人気は圧倒的だった。これらのことは佐藤春夫が『晶子曼陀羅《まんだら》』でつぶさにまたおもしろく書いている。しかし時代は移って晶子の人気はおとろえる。それはまことに急激だったが、それからが久しい苦渋《くじゅう》の時期に入るのだ。晶子ほどの人ではないか。その才をもってするなら、時の歌壇と調子を合わせ、その上に立つはそれほどむずかしいことではなかっただろうに、それは写実派に屈することだ。節を曲げるに忍びなかった。清廉を持《じ》してあえて同調せず、歌壇ともほとんど没交渉に、それは孤塁を守るがごとき状態とも見えたが、晶子自身はそれほどでもなく、もっと自由な気持でいたのかもわからない。それはそこに夫がいた。少女の日には師とも仰いだ寛がいた。寛がいてくれることによって安心していた。寛だけがたよりだったのだ。その夫に死なれてしまった。

この歌は晶子のある日の述懐だといったが、「夕日さす時」はまだ述懐していない。述懐はこれから後にはじまるので、その中には今いったようなことどもが含まれる。それほどこの結句は重要な役を果たしている。同じようなつかい方はだれでもするが、そこはさすがに晶子である。と思われるとともに、この歌はかつての晶子の歌とはちがうようだ。晶子ふうとか、そんなことにはこだわりなく、歌いたいように歌っている。ただこの歌でやはり晶子だと思わせるのは初句だ。他のものなら「君がゐる」または「君のゐる」くらいのところ。これは晶子の歌風のよい方面、その丈高さを象徴している。

源氏《げんじ》をば一人《ひとり》となりて後《のち》に書《か》く紫女年《しじよとし》わかくわれは然《しか》らず（同）

与謝野晶子

源氏物語を書いた紫式部は、いうまでもなく不世出の大天才だが、その源氏を現代の天才である晶子が訳解を書いた。谷崎潤一郎のいわゆる谷崎源氏と並び称せられる与謝野源氏がそれである。この歌の「紫女年わかくわれは然らず」は、それが式部は年が若かったけれど、今の自分はそうではない老年だと、ただその事情を無愛想と思われるほどに抑揚《よくよう》もなくいい捨てたのがあわれである。式部にはとても及びもつかぬという歎きがある。それと年とって夫に先立たれたという悲しみもある。それやこれやの人にはいえない無量の思い、その千万言がこのことばの中にこめられてある。

吉井勇《よしいいさむ》がある時、突然私に晶子の「白桜《はくおう》」はいいよと話し出したことがある。晶子の歌は初期だけだ、あとはしようがないといつもいう勇であっただけに、私は不思議な思いをしたが、勇はかつて寛の門をくぐり晶子の世話にもなっていたのだろう。それで「白桜」を見て安心したというのだ。私も新詩社に同情を寄せるものとしてたいへんうれしかった。ただし「白桜」は晶子が世を去って後に刊行された。寛をしのぶ秀歌一、二を挙げておく。

青空《あをそら》のもとに楓《かへで》のひろがりて君《きみ》なき夏《なつ》の初《はじ》まれるかな

やうやくにこの世《よ》かかりと我《わ》れ知《し》りて冬柏院《とうはくゐん》に香《かう》たてまつる

＊

天《あま》ざかる鄙《ひな》に五年《いつとせ》住《す》まひつつ京《みやこ》のてぶり忘《わす》らえにけり（万葉集巻五・八八〇）

山上憶良《やまのうえのおくら》

「天《あま》ざかる」は「鄙《ひな》」にかかる枕詞《まくらことば》で、いなかのこと。「京《みやこ》のてぶり」は都のならわし、その風習風俗をいう。いなかぐらしを五年もしていて、すっかり中央にうとくなったというのである。ことばもわかりやすく、いうことも普通だから、憶良のいわゆる憶良らしい歌を追つかけていたのでは平凡にも見えようが、憶良としてはこれはめずらしくすなおな歌だ。すなおな心の歌として受け取れるのだが、それでも新しい文化を身につけ、それに慣れている憶良である。いなかぐらしの退屈さをもてあましながら、それを表に出さず、また理屈もこねずに、ただ「京のてぶり」を忘れたとだけいった。何かものたりないし、憶良らしくないという気もしないではない。それでも一時代前の歌にくらべるとその思う心は複雑だ。それは裏がわに回されてあるとはいえ、やはり憶良の歌だ。新しい時代のさかんな文化のにおいがする。それが「京のてぶり」といい「忘らえにけり」というなかにそこはかとなくただよつていて、うっとりとする。善くも悪しくも最高の文化人でないといえない感懐にちがいない。

この歌は上司である大宰帥《だざいのそつ》の大伴旅人《おおとものたびと》が大納言となって帰京するに当たって「敢《あ》へて私の懐《おもひ》を布《の》ぶる歌三首」を作って旅人に「謹上」したその一首目である。他の二つは、

かくのみや息《いき》づきをらむあらたまの来《き》経《へ》行《ゆ》く年《とし》の限《かぎ》り知《し》らずて　(同八八一)

吾《わ》が主《ぬし》の御魂《みたま》賜《たま》ひて春《はる》さらば平城《なら》の京《みやこ》に召《め》上《さ》げ給《たま》はね　(同八八二)

「かくのみや」の歌はまだしも、そうして歌も悪くはないが、「吾が主の」の歌は一身上のことを頼んでいる。来年の春は都へ帰れて中央官庁につとめられるようにしてほしいと訴えている。なお旅人の官邸図書館での送別の宴席では、天を飛べる鳥ででもあったなら都までお送り申上げて飛び帰るものを、また、いつまでもお元気で朝廷をお去りにならず天下の政治をおとりください、など四つの歌を作っておべっかをいっている。

この憶良をいやらしいという人もある。地方官の卑屈な心情が露骨に出ているという人もあるが、憶良はこの時七十ぐらいの老人だ。かつて遣唐使として中国にも渡った当代第一級の知識人だ。それが今なら福岡県知事ぐらいの筑前国守でいつまでもほっておかれてはたまらない。それで旅人に頼んだ。身分は大きく隔たっていても、なお詩歌を談じる風雅の友である。大事にせられていただけに、かえって頼みにくかっただろう。それが感じられる。憎むほどのことではあるまい。

ひさかたの天道《あまぢ》は遠《とほ》しなほなほに家《いへ》に帰《かへ》りて業《なり》を為《し》まさに　(同八〇一)

山上憶良

「惑《まど》へる情《こころ》を返《かへ》さしむる歌」のこれは反歌であるが、長歌には序がついている。「ある人、父母を敬《うやま》ふことを知れれども侍養《じやう》を忘れ、妻子を顧《かへり》みずして、脱屣《だつし》よりも軽《あなづ》れり」云々と漢文口調の名文がつづき、そうして「父母《ちちはは》を、見れば、尊し、妻子《めこ》見れば、めぐし愛《うつく》し、世の中は」と長歌がはじまる。ともにいずれも憶良の思想がよく出ている。それは儒教の道徳観で、後には実生活の常識ともなるけれど、この時代では儒教はなおもっとも進歩的な思想として、そうしてそれをいう憶良は、その思想とともに尊敬せられもすれば一面けむたがられもしたことだろう。うるさいおやじであったろうが、親切であった。おせっかいだったろうが、ものわかりがよかった。

「ひさかたの天道は遠し」は、その若者の立身出世をしたがっている青雲の志、その天への道はそう簡単に行けるものでないことをいっている。「なほなほに」は「すなおに」の意。「業《なり》」は「家業」、「為《し》まさに」は「しなさい」で、おおそれたことはしでかさないで、すなおにおとなしく家業に従事しなさいというのだが、この「為まさに」がよい。心憎いほどよい。命令しているのでなく「しなさいや」とやさしくさとしているのである。憶良の歌はときどき反発を感じるけれど、こういうふうだとなかなかよい。

二月

はなはだも降《ふ》らぬ雪《ゆき》ゆゑこちたくも天《あま》つみ空《そら》は陰《くも》らひにつつ

（万葉集巻十・二三二二）

作者不詳

「冬の雑歌」の「雪を詠む」九首中第七番目の歌。よみ人知らずの類とはいえ稀《まれ》に見る秀歌だ。たいして雪は降らないのに空はひどく曇っている、とただ雪空を叙しただけだし、派手な道具立ては何もなく、それに「はなはだも」の語の使い方がなじみうすく縁遠く思われるものだから、えてして見過ごされてしまいやすい。このつかい方をした歌は万葉では他に次の二首があるきり。

はなはだも降《ふ》らぬ雨《あめ》ゆゑ行潦《にはたづみ》いたくな行《ゆ》きそ人《ひと》の知《し》るべく（同巻七・一三七〇）

はなはだも夜深《よふ》けてな行《ゆ》き道《みち》の辺《べ》の五百小竹《ゆざさ》が上《うへ》に霜《しも》の降《ふ》る夜《よ》を（同巻十・二三三六）

前のは譬喩歌《ひゆか》で平凡だが、後のは冬の相聞歌《そうもんか》で、これはなかなかの秀歌だ。秀歌でも残念ながら作者はともに不詳なくらいだからおそらくそれほどに知られた歌ではなかったのだろう。だが、これがもし人麿によって歌われていたならどうなったであろうか。この語をつかった歌はもっとたくさん作られたに違いないのだが、言葉にも運不運はある。古今・新古今ではそれはまったくかげをひそめ、それが現代にまで及んでいたのか、耳馴れぬ語として敬遠され、その歌のよさもあまりいう人はいなかった。

それにこの歌はどこか万葉らしからぬところがある。古今・新古今に似ているようだが、それとも違う。あえていうなら、それは案外に近代的だ。三句「こちたくも」はぎっしり雲のつまっている状態であるにはしても、また人のうわさなどする時の「言痛《こちた》くも」の思いもひそんでいる。降るだけ降ったならば雲はたちまち晴れようものを、降りしぶって暗い雪雲の空だと、うっとうしい天候に支配され、その重圧に堪えかねている怨みとも諦《あきら》めともつかぬ複雑な心情をめだたぬ独語体の、ゆるき調べのしずかな口つきで歌いあげているだけに、いっそう思いが深い。この歌を大いに推奨したい。なお結句「曇りあひつつ」と訓むのもあるが、私は「陰らひにつつ」の古調をよしとする。

うらさぶる心《こころ》さまねしひさかたの天《あめ》の時雨《しぐれ》の流《なが》らふ見《み》れば（同巻一・八二）

長《なが》田《たの》王《おおきみ》

前の歌は雪曇を詠んでおり、これは時雨《しぐれ》を詠んでいる。相異るはもとよりながら、しかもともに天象空合いのことを歌い、それは誰にともあらぬ己れ自身に対していい聞かせるごとく、また訴うるごとく歌っているのが似ている。けれど前の歌は、間接にはともかく、主観はできるだけ内におさえているのに対して、これは直接的だ。たまらなさそうにそのさびしさを訴えている。「うらさぶる心さまねし」の上二句がそれだが、この「うらさぶる」は「心さびしい」の意。しかし、すさびはてて荒涼たる、または魂の脱け落ちたような心の状態、そういう意味合いも持つ。「さまねし」の「さ」は接頭語、「まねし」は多いとか頻りなどの意に近い。この上二句を受ける三句「ひさかたの」は天の枕詞として、次の四句を引き出す役を持つとともに、瞬時一息入れて上二句の上に跳ね返って来る下二句、その「見れば」を待っている。ごく単純な内容の歌だけれど、作者の息づかいがそのままこのような倒語の形となってあらわれたので、その調べがいいようもなくよい。私の四十年来の愛誦歌である。

ところでこの歌は、詞書《ことばがき》によると和銅五年四月、長田王が伊勢の山辺の御井《みい》(現在三重県壱志郡)で作られたということになっているが、左注では、そうとは思われない、当時誦《しょう》されていた古歌であろうかといっている。つまり長田王の作かどうかを疑っているわけだが、旧暦九月、十月に入らないと時雨とはいわなかった。今は年中いつでも時雨というが、この歌はやはり晩秋から冬を降る時雨でないと困るのだ。

*

なづななづな切抜《きりぬ》き模様《もやう》を地《ち》に敷《し》きてまだき春《はる》ありここのところに

(歌文集・李青集)
木《きの》下《した》利《り》玄《げん》

この歌を見ると思い出すのは宋の戴益《たいえき》の詩「探春」だ。

尽日《じんじつ》春を尋ねて春を見ず、杖藜《じようれい》踏み破る幾重の雲、帰来試《こころ》みに梅梢《ばいしよう》を把《と》りて看《み》れば、春は枝頭《しとう》に在りて已に十分。

おのおのいうことは違うし、別にそう大した関連はなさそうだけれど、春を待つこころ、春の来たことをよろこぶ思いは共通している。ただどちらも同じようにそれを今はじめて見たかのごとく驚いて歎声を発している。そうして読者もまたその声を聞いてなるほどと合点し、改めてその新鮮さに打たれる。けだしこれはいわずもがな、利玄はまるで子供のようにあどけない。凍《い》てた地の上にあの霜やけしたぎざぎざの葉っぱをぴったりと食っつけている「なづな」。それはわれわれが子供の時にして遊んだあの切り抜き紙の形、その模様そっくりなのだ。それをかがみこんでつくづく見ている。そうして知らぬまにこんなところにさえもう春が来ていたのだといたく感動する。それが四句「まだき春あり」の一語に驚くばかり巧みに要約せられている。しかしそれを受けとめた「ここのところに」の結句はいっそう巧い。それはただちに「なづな」をさすが、また同時にその地をいっているのだ。しかし庭とか畑とか特定の地をいわなかったのは、いわざるはいうに勝るの類《たぐい》。読者は自由にその地を思い浮かべて味わいうる。あらかじめ用意あってのことだけれど、こういうのも利玄の歌の特色の一つ。たとえば、

曼珠沙華《まんじゆしやげ》一《ひと》むら燃《も》えて秋陽《あきひ》つよしそこ過ぎてゐるしづかなる径《みち》

夜《よ》さむ道向《みちむか》うにきこえそめしせせらぎに歩《あゆ》みは近《ちか》より音《おと》のところを通る

傍点のところがそれに当たる。明瞭な言葉でそこやそこのところを説明するよりは、かえって効果的であることを知っていたのだ。字余りの破調のような歌の多いのも、それは調べを怠っているのではなく、まったく逆だ。苦心惨憺《さんたん》してそのもっとも純粋な言葉、汚れない言葉を斡旋《あっせん》しようとする道程にあって、おりおりそうした歌もまじりはするが、それはそれなりに、他の何人でもない利玄の歌の特色をいっそう鮮明ならしむるに役立っている。この「なづな」の歌は新鮮そのものの感がある。正月の七草の一種としてそれはどんなにめでたかろうと、今日は何人も「なづな」など歌にしようとはしなかろうし、また、してみても陳腐なものになるは必定。それを知ってか知らずでか、利玄は鎌倉の家に病を養いながら、歌

壇などとはおおかたかかわりもなく、ひとりこのような歌を作っていたのだ。

山畑《やまばた》の白梅《しらうめ》の樹《き》に花満《はなみ》てり夕《ゆふ》べ夕《ゆふ》べの靄《もや》多《おほ》くなりて（同）　木下利玄

前の「なづな」の歌は大正十三年一、二月ごろの作。そうしてこの「白梅」の歌は大正十四年の作だけれど、病状悪化して二月十五日には数え年四十歳で死去しているから、たぶんこれは一月のうちに作った歌だろう。「白梅の樹に花満てり」というあたり、やはり利玄独特のもので、物の見方も表現の仕方もよくかんどころをおさえている。「夕べ夕べの靄多くなりて」は暖かい感じの語で、いわずして梅咲く暖かさを感じさせる。だからといっていうのではないが、利玄の歌はいずれも心暖かい。これも利玄の歌の大きな特色と思われるけれど、その長期にわたる病間にあって、なお病気の歌の一つもないのはまことに不思議なくらいである。しかし利玄はそんな病気の歌を作るよりは、自然や風景の歌が作りたかった。極端にいえば、人間や人間世界よりも自然が好きな人だった。病床にいてみずおちのへんが鳴る。するとせせらぎの水音がすると野や山を恋しがった。そうした記憶を呼び起こしては野や山の歌を作った。この歌も病床にいて作った歌だが、死ぬ一か月前の作とはとても考えられない。肉体とは別に利玄は心の健康な心の暖かい人だった。

沫雪《あはゆき》のほどろほどろに降《ふ》り頻《し》けば平城《なら》の京《みやこ》し思《おも》ほゆるかも（万葉集巻八・一六三九）

大《おお》伴《ともの》旅《たび》人《と》

＊

大伴旅人が筑紫大宰府にあって故郷平城《なら》の京《みやこ》を憶《おも》う歌である。「沫雪《あは》」は、泡《あわ》のような雪、消えやすい柔らかい雪であり、そういう雪をハダレ、副詞にしてハダラニ、それがホドロニと同義につかわれ、この場合繰り返されているとする。だからハダラはマダラの意があるから、沫雪がマダラニ、すなわち斑紋《はんもん》をなすようにはらはらと降る。または三句を「降り敷《し》けば」として、降った状態だとするのもある。

しかし「夜のほどろわが出でて来れば」（巻四・七五四）「夜のほどろ出でつつ来らく」（巻四・七五五）の例もあり、それが夜明けごろ、うす暗がりの未明の状態をいうとすれば、もともと語源は同じなのだから参考にしてよいのではないか。沫雪がまだらに降ってとか、はらはら散ってとか、そういう受け取り方をしたのでは台無しだ。この歌は「冬の雑歌」の部にはいっており、すぐ次に同じ旅人の梅の歌がある。梅は寒中でも咲くが、気分としては春である。だからというだけでもない。この歌の「沫雪」は水気を多く含んだ柔らかい雪、牡《ぼ》丹《たん》雪か霙《みぞれ》のような雪が降り頻《し》きっているのだ。それはほどろほどろにである。おぼつかなくもたよりなく、ぼとぼととやみどもなしに降っている。それは早春の雪、春の雪なのだ。そういう日なればこそ、ひとしおに望郷の念切なるものがあったと思われる。私はこのように解して、いよいよ奥深い歌だと尊敬するのである。

旅人が大宰帥《だざいのそつ》として下向したのは神亀《しんき》五年ごろ、その年の夏に妻の大伴郎女《おおとものいらつめ》を喪《うしな》っている。京師から弔問の使が来たのに報《こた》えて、

世《よ》の中《なか》は空《むな》しきものと知《し》る時《とき》しいよよますます悲《かな》しかりけり（同巻五・七九三）

と無常を嘆き、それからまた、

わが盛《さか》りまた変若《をち》めやもほとほとに寧楽《なら》の京《みやこ》を見《み》ずかなりなむ（同巻三・三三一）

と異境辺土に老を悲しむ。ともに秀でた作であり、複雑な人生の底深い悲しみを歌っている。この筑紫においては山上憶良との歌の交わりが無視できない。二人を中心として筑紫歌壇とでもいうようなのが形成されていたようだし、それはかつて見られなかった文学的なもの、ようやく思想的叙情詩というようなのが発生する。文学者的自覚である。これは子の家持によって引きつがれ、それがいっそう明瞭になるわけだが、そうした旅人の新傾向については別にいいたい。任務をようやく終わった旅人は天平二年冬、大納言となって帰京した。

妹《いも》として二人作《ふたりつく》りし吾《わ》が山斎《しま》は木高《こだか》く繁《しげ》くなりにけるかも（同巻三・四五二）

大伴旅人

「故郷の家に還《かへ》り入りて、即ち作れる」という詞書《ことばがき》のある三首中二つ目の歌。この「還り入りて」の語、前の歌などと思いあわせて、どんなにその家に帰りたかったかおしはかられてあわれである。しかし帰って来ても妻はいない。筑紫でなくした妻を思うと断腸の思いがしたのだろう。他の二つの歌はともに切々の情を訴えている。それと異なって、妻といっしょに作った庭の、わずかな年月のうちにこんなにも木が高く茂ったというだけのこの歌は、情景そのままを叙したにすぎない。しかし明快にして豁達《かったつ》、豊かな調べの、また柄の大きい歌であって、いっそうあわれ深さを感じさせる。

この「なりにけるかも」は、同じ旅人の吉野の歌、

昔見《むかしみ》し象《きさ》の小河《をがは》を今見《いまみ》ればいよよ清《さや》けくなりにけるかも（同巻三・三一六）

とまったく同じ。そうして人麿の歌のそれとも同じだが、人麿の歌よりは旅人の歌の方が品が高い。また同じ挽歌にしても、旅人の方がその悲しみは深く大きくかつ切実である。旅人個人の悲しみの中に、家門や時代の苦しみを背負っている。帰京してたった一年、翌天平三年七月、年六十七歳で没した。国初以来きっての名門、軍を率《ひき》い軍部の長として代々国家に奉仕して来た大伴家は、事実上旅人で終わるのである。

＊

つけ捨《す》てし野火《のび》の烟《けぶり》のあかあかと見《み》えゆく頃《ころ》ぞ山《やま》は悲《かな》しき（歌集・日記の端より）

尾《お》上《のえ》柴《さい》舟《しゅう》

柴舟より十歳年下の青年吉井勇《よしいいさむ》はそのころ湘南鎌倉にあって伊豆《いづ》も見《み》ゆ伊豆《いづ》の山火《さんくわ》も稀《まれ》に見《み》ゆ伊豆《いづ》はも恋《こひ》し我妹子《わぎもこ》のごと、その放蕩無頼《ほうとうぶらい》をなげきながら、海のかなたはるかに伊豆の山火を見ては、またせつない胸を燃やしていた。その伊豆の山火を伊豆旅行中の柴舟が見た。たまたまそれを伊東のへん、天城山の近くで見て詠んだのがこの歌で、柴舟自身はこう説明する。

「初春枯草を焼く為《た》めに火を点《つ》ける。其烟《そのけむり》が昼の間は山の一部を包んで匍匐《ほふく》してゐるが、日が暮れて段々夜になるに従ひ明るく空の色を焦《こが》して実に綺麗だ。だが旅中にある身には何となくうら悲しさを誘はるる様に感じられる。殊《こと》にこの野火の明るく見え初《そ》むる頃夜陰に立つ一山の風光が傷《いた》ましく見え、肌寒《はださむ》い風などがすこし吹き立つ時など実際淋しい感じがする」

自歌自釈だからその時の情景をそのまま語っているとは思われないが、しかし「見えゆく頃ぞ山は悲しき」だ。「悲しき」という以外にその感情をいいあらわす言葉がなかったのであろう、と同情する。というのは私もかつてこれと同じ情景に接した経験があるからだ。三月のはじめごろだった。富士の裾野《すその》、愛鷹山《あしたかやま》のふもとでその茫々《ぼうぼう》たる枯草原を焼く火を見たのだ。それはまことにすさまじかった。さびしいとも悲しいともいいようのない、一種異様な、名状しがたい思いをして夜陰に遠くなびく赤い火を見ながらからだをふるわせていた。それ以来そこはかとなくこの歌の「悲しき」にいだいていた不満は消えた。同時に初句「つけ捨てし」を「つけ捨てたる」または「つけ捨てられある」でないと承知できなかったのが、これも納得した。しかし全然かと聞かれるとやはり返事に窮する。

　この歌は明治四十三年柴舟三十五歳の作、生涯いちばんさかんなころの歌だ。その自然主義の時代を若山牧水《わかやまぼくすい》や前田夕暮《まえだゆうぐれ》らと車前草社《しやぜんそうしや》を結んでまもないころだから、相当意気ごんでいたはずだ。そうしてこの歌は柴舟の代表歌とされている。世間はむろん、作者自身もそう思っていただろう、とは柴舟門下有力歌人の話である。国語の教科書にもよく出ているが、私は疑問をもつ。

哀《あは》れにも晴《は》れたるかなや飛《と》ぶものは飛《と》びつくしたる夕暮《ゆふぐれ》の空《そら》(歌集・素月集)

尾上柴舟

「法師庵の縁にて空を仰ぐ画に」という詞書があるから、これは画に題したので、つまり画賛だ。画賛の歌などはえてして儀礼的になりやすい。それをいけないというのでなくとも、もともと画とともにたのしむべき性質のものであるから、下凡のもののよくなしうるわざではない。ところがこの歌はそういう題詞と関係なく、これはこのまま独立してまことにすぐれた歌であると思われる。晴れわたった夕暮れの空に、飛ぶものはすっかり飛んで行ってしまって、何もいないというのだ。あとはとっぷりと暮れ沈む空があるばかりだという、この心境はただごとでない。それを説明するさまざまの言葉はあろうし、そうして柴舟の人間をえがき出すことはさして困難とは思われないが、この透徹ぶりはどうだ。それこそ何もなく雲ひとつない夕暮れの空のように澄みきっている。いやなもの、くだらないもの、余計なものはひとつもないのだ。これほど美しく、高いものはめったにないという気がする。

しかし柴舟の歌はこれという特色もなく、しらべも低いといわれている。それを平坦《へいたん》であるとか温雅であるとかいったりもする。その草仮名の書にその歌は及ばないとの評もあるが、私はこの一首をようやく捜し出して、さすがは柴舟なるかなと思った。野火の烟《けむり》の歌よりはよほど立ちまさっている。

＊

暁《あかとき》と夜烏鳴《よがらすな》けどこの山上《をか》の木末《こぬれ》の上《うへ》はいまだ静《しづ》けし（万葉集巻七・一二六三）

作者不詳

もう夜が明けたというので夜烏が鳴いているけれど、まだこの岡の木立の枝先のあたりはひっそりとしている、というのである。それでよいのだけれど、私は「木末《こぬれ》の上」を木立の枝先だけでなく、言葉通りその上を考える。しんと静まりかえっている木立の枝々を透けて見えるうす黄色い暁空をもいっているのだと考える。しかし代々の学者たちはそこまでいわない。時代の違うためかも知れぬが、私はそうした受け取り方をして、この歌に格別の親近感を持つ。時空を越えた親近感だ。千余年昔の歌ではあっても、なお現代のたれかが作った歌のような気がしてくる。ひょっとすると自分の歌ではないのかと錯覚するほどだ。それは人麿の歌がいかにすぐれていようと、あくまでも万葉の歌であるのに対して、これはそうではない。現代のわれわれと同じ思想で、同じ感情や感覚をもって歌われていると思われる。そういう感じのする歌なのだ。一口にいえば近代的だ。じつに洗練されている。

ところが斎藤茂吉は「女が男にむかって云った言葉として受納《うけい》れる方がいいのではあるまいか」といっている。これは略解《りやくげ》の「男の別れむとする時、女の詠めるなるべし」の言にひきずられているのではないか。この歌のすぐ前と後に次のようなのがある。

あしびきの山《やま》つばき咲《さ》く八峯《やつを》越《こ》え鹿《しし》待つ君《きみ》が斎《いは》ひ嬬《づま》かも（同一二六二）

西《にし》の市《いち》にただ独《ひと》り出《い》でて眼並《めなら》べず買《か》ひてし絹《きぬ》の商《あき》じこりかも（同一二六四）

私は山々を越えて鹿を射《い》ようとしているあなたの安全を祈っている妻ですよ、とか、西の市へひとり買い物に出かけて変な絹をつかまされた、とかいう類の、作者も時代も不詳の十二首を「時に臨める」の題で一括し、そうして「古歌集に出づ」とある。古歌らしいおもむきの歌もないではない。けれど西の市は藤原京内のそれか、平城京内のそれかがよくわからない。もし平城京での歌であるなら古歌であるはずがない。とまれ女の歌が多いところからして、この暁の夜烏の歌をさえも、きぬぎぬの別れを惜しむ女の歌とするのはいかがなものか。表向きに言葉通りに解したらよい。しずかな夜明けの空気が身に沁むようだ。清澄《せいちょう》限りない。

一《ひと》つ松《まつ》幾代《いくよ》か経《へ》ぬる吹《ふ》く風《かぜ》の声《こゑ》の清《す》めるは年深《としふか》みかも（同巻六・一〇四二）

市《いち》原《はらの》王《おおきみ》

「同じ月十一日に、活道《いくぢ》の岡《をか》に登り、一株《ひともと》の松の下に集《つど》ひて飲《うたげ》する歌二首」の中の一。もう一つは大伴家持の歌、

たまきはる命《いのち》は知《し》らず松《まつ》が枝《え》を結《むす》ぶ情《こころ》は長《なが》くとぞ思《おも》ふ（同一〇四三）

同じ月とは天平十六年一月のことで、このところ宴《うたげ》がつづいている。活道の地は不明だ

が、京《みやこ》は平城から移ってこの時は山背《やましろ》の久邇《くに》だから、その近くであっただろう。久邇京は現在関西本線加茂駅よりほど遠からぬ木津川北岸の地、礎石などが残っているが、その活道の岡には聖武天皇の皇子安積皇子《あさかのみこ》の宮があった。ただひとりの皇子であったが、母は県犬養《あがたいぬかいの》広刀自《ひろとじ》で立太子せず、光明子の生んだ阿倍内親王（孝謙天皇）が立てられた。安積皇子は病弱で、この宴のあった一か月ほど後に亡くなられている。御年十七歳、不幸な皇子であった。藤原氏に対抗する橘、県犬養、大伴氏らの皇子にかけていた期待は空しく、そうして皇子の急死を藤原仲麻呂の暗殺だとする説もある。

家持の歌はこの皇子の御長命を祈ったので、昔よりのならい、そのしるしなる松が枝を結んで「情は長くとぞ思ふ」と寿《ことほ》ぎお祝い申し上げたのだ。この家持の歌を読み、そうして皇子の御境遇を知ると、この市原王の歌はいっそう切実感を加えるけれど、そういうことにはかかわりなく、前の歌と同じくこれも完全に独立性のある歌だから支えはいらない。誦していると年老いた松の声が聞こえてくる。自然の声、神の声で、おのずから頭が下がる。前の歌を近代的だといったが、これはむしろ王朝風で、その悲しきまでに細くて高いしらべは、松風の歌の類型のもとをなしている。

＊

山川《やまがは》に鴛鴦《をし》二《ふた》つ居《ゐ》て副《たぐ》ひよく副《たぐ》へる妹《いも》を誰《たれ》か率《ゐ》にけむ（日本書紀・一一三）

野中川原史満《ぬなかのかわらふひとまろ》

「山川」は山のなかの川、よって「ヤマガハ」とにごる。「副ひよく」は「副ひ」がよい。いっしょにいるのがよいというほどの意で、「副へる妹」はそのように仲のよい妻ということになる。山の流れに遊んでいるオシドリのつがいのように、仲のよい美しい妻をたれが連れ去ってしまったのか、とこれは妻の死を嘆く挽歌なのである。

大化五年三月、中大兄皇子《なかのおおえのおうじ》（のちの天智天皇）は蘇我倉山田大臣《そがのくらやまだのおとど》を討滅せられた。その時、倉山田麿の娘で、皇子の妃であった蘇我造媛《そがのみやつこひめ》は父の最期を悲しむあまり、みずから死をえらんだ。皇子と媛との夫婦仲はよかっただけに、皇子の悲しみはひととおりでなかった。その皇子のみ心のうちをおしはかって、史満の作った歌だと伝えられる。つまり代作である。代作でも代作らしい感じの少しもしない情のこもった歌で、オシドリの浮かぶ山川の景を配して、叙情と叙景との融合に成功し、よく短歌化しえているのは、作者がただものでない証拠だ。このオシドリを相恋の夫婦にたとえたのは橘守部《たちばなのもりべ》で、詩経の「関関《かんかん》たる雎《しょう》鳩《きゅう》は、河《か》の洲《す》にあり、窈窕《ようちょう》たる淑女《しゅくじょ》は、君子の好逑《こうきゅう》」云々をあげて、中国の詩歌の影響をいいだしてから、それに従う学者も多いが、それは十分考えられることである。なおこの種の挽歌の代作は、後に柿本人麿をはじめとして、万葉集にもいくつかの作例がみられるが、確実な起源はこの歌にまでさかのぼるといわれている。

幹《もと》ごとに花《はな》は咲《さ》けども何《なに》とかも愛《うつく》し妹《いも》が復《また》咲《さ》き出《で》こぬ（同一一四）

野中川原史満

これはその二首目の歌だが、前の歌の下には「其一」、この歌の下には「其二」と記載されてある。つまり二首連作で、二歌は分離すべきでないことをあらわしている。初句「幹《もと》ごとに」は木が略されている。木の幹ごとにということであり、四句の「愛《うつく》し妹《いも》が」の「愛し」はかわいい、愛らしいという形容詞。後世ならば「愛しき妹」と連体形であるべきところを、古代ではこのように終止形が連体形をかねていたので「愛し妹」はまちがいではない。今でも歌を作る場合、あえてこのような形をとることもある。木の幹ごとに花は咲いているが、どうしてあのかわいい妻がもう一度かえってきてくれないのだろうか、と花咲く木をみて悲しみを訴えている。この「幹ごとに花は咲けども」は三句以下の序詞になっているけれど、結句の「復咲き出こぬ」とともにじつに素朴な口つきの語である。とつとつとして稚拙かと思うほどだが、その「愛し妹」の美しさを何とものやわらかく、ういういしくいいえたものかなと、その感じ方、そのいいあらわしように私はかぶとをぬぐのだ。みごとな客観描写である。小手先でなく、全身で感じとっている。よごれなき心だけが感じとることのできる真実がみられる。叙情詩として本格的のもので、人麿に先行している。むろんこれと同時代ごろの歌は万葉集にも少しはいれられてあるが、それらの秀歌にくらべて遜色をみない。歌は古い時代のものの方がよい。

それにしても異母弟身刺《むさし》の讒言《ざんげん》さえなければ、倉山田麿は叛逆罪などに問われなかっただろうし、造媛も死なずともよかったのだが、悲劇はたちまちにして終わった。倉山田麿は子の興志《こごし》の建てた山田寺にはいって抵抗せず「尚忠を懐《いだ》きて退《まか》らむ。寺に来つる所以《ゆゑん》は、終りの時を易《やす》からしめむとなり。言ひ畢《をは》りて仏殿の戸を開きて誓《ちかひ》を作発《た》て曰く、願くは我れ生々世々に君王を怨《うら》まず。誓ひ訖《をは》りて自《みづか》ら経《わな》きて死《みう》せぬ」と書紀は伝えている。のちに冤罪《えんざい》が晴れ、天智天皇、天武天皇はかえってその誠忠をあわれんで、その寺に塔を建て仏像を寄進せられたりした。けれども今は荒廃したままで、地名とわずかな礎石と土壇の一部を残すのみである、草ぼうぼうの境内には貫名書の山田公雪冤《せつえん》の碑があり、愛書家に珍重されている。今は桜井市に編入されているが、桜井と飛鳥とのほぼ中間にあたり、山田道をたどって飛鳥めぐりをする人びとのよき憩いの場所となっている、ここにきてこれらの歌を誦《しょう》してみるとまたひとしおの感がする。

三月

君《きみ》が行《ゆ》く道《みち》の長路《ながて》を繰《く》り畳《たた》ね焼《や》き亡《ほろ》ぼさむ天《あめ》の火《ひ》もがも（万葉集巻十五・三七二四）
狭野《さぬの》茅上娘子《ちがみのおとめ》

巻十五の終わり三分の一は「宅守《やかもり》相聞」といわれる贈答歌が占める。その目録の詞書《ことばがき》には「中臣朝臣宅守《なかとみのあそみやかもり》の、蔵部《くらべ》の女孺《にょじゅ》狭野茅上娘子を娶《ま》きし時に、勅《ちょく》して流罪に断じて、越前国に配《なが》しき。ここに夫婦の別れ易《やす》く会《あ》ひ難きを相歎き、各々慟《いた》む情《こころ》を陳《の》べて贈答する歌六十三首」とあり、男四十首、女二十三首を載せている。蔵部の女孺とはいかなる女官か、その女との結婚問題がなぜ罪に問われねばならなかったか、くわしいことはわからない。

この歌は宅守が越前に流されてゆくに際して娘子の詠んだ歌の第二首目である。一首目は

あしびきの山路《やまぢ》越《こ》えむとする君《きみ》を心《こころ》に持《も》ちて安《やす》けくもなし（同三七二三）

と、その大和から近江を経て、山越えに北国へ行く宅守の身を心配している。「君を心に

持ちて」など、可憐な女心をよく歌い、なかなかの佳作だけれど、やや独立性を欠くようだ。全体の序歌みたいな役を負い、なお詞書に支えられているとみられる。

それよりもやはり一般的に人気のあるのは二首目の歌だ。「あなたのお行きになる遠い長い道を手繰《たぐ》りたたんで焼き亡ぼしてしまう天火があればよい」というので、「そうしたらあなたを引き戻せるだろう」の意をそれとなく裏にひそめている。「畳ね」は「たたみ」で「たたむ」こと。「天の火」は文字通り「天火」で、学者たちのいうように易林や史記や左伝、または仏典にまでその出所をただす必要はない。天の火は原始人でさえいちばん恐れた火であるから、その恐ろしい火をいうのはこの場合ごく自然なのだ。情熱が過重だとか誇張が目立つとかいって、この歌の評判は以前ほどではなくなったけれど、この歌の底には怒りがこもっている。どうにもならないという怒り、それが爆発したのではなく、それを文学的に比喩の形を借りてこのように処理したので、どことなく理知的な感じがする。「焼き亡ぼさむ天の火もがも」などはじつによい句で、万葉集女流歌人のなかではやはりきわだつすぐれた歌である。

塵泥《ちりひぢ》の数《かず》にもあらぬわれ故《ゆゑ》に思《おも》ひ侘《わ》ぶらむ妹《いも》が悲《かな》しさ（同三七二七）

中臣宅守《なかとみのやかもり》

塵泥の身、数ならぬ身などの言葉は今日のわれわれにも親しく身近く感じられるが、それがここにある。「佗ぶらむ」は気力を失いうちしずんでいるだろうの意。自分のためにこのようなつらい思いをさせるのがすまない、という嘆き歌だが、なにかよわよわしい感じがする。娘子の「焼き亡ぼさむ」の歌の情熱的なのにくらべて、これはひどくうちしおれていてあわれである。なぜそのように自分の身を、低く卑《いや》しめてものをいわねばならないのか。男が女に対してかくもへりくだるのはただごとではあるまい。なにかわけがあるにちがいないと考えたくなるのは無理もない。しかし心身ともうちくじけてしまうと、こういう口つきにもなるのであろうかとかえって同情したくもなる。感情が一時代前よりはほそくこまかく、しなやさしくなっていて、万葉末期の特色が感じられる。なお宅守には次のような秀歌がある。

あかねさす昼《ひる》は物思《ものも》ひぬばたまの夜《よる》はすがらにねのみし泣《な》かゆ（同三七三二）

ひたすら娘子を思いつづける心のまことにすなおな歌で、ひたむきな感情がよくあらわれている。あるいはこの方がいっそうすぐれているかとも思われる。むろん越前配所での歌だが、これに対して娘子は歌った。

吾《わ》が夫子《せこ》が帰り来《かへき》まさむ時《とき》のため命残《いのちのこ》さむ忘《わす》れたまふな（同三七七四）

この「命残さむ」がたとえようもなくよい。そうして「忘れたまふな」である。やさしき心づかいのあたたかな言葉だ。「焼き亡ぼさむ」の歌とはまったく趣を異にするけれど、娘子の歌ではこれがもっともよいともいえる。

*

鉦《かね》鳴らし信濃《しなの》の国《くに》を行《ゆ》き行《ゆ》かばありしながらの母《はは》見《み》るらむか（歌集・まひる野）

窪《く》田《ぼ》空《た》穂《うつぼ》

明治三十八年刊行の処女歌集『まひる野』に出ている。死別した母を思い出の形で歌った「母の死ねる頃を思ひて」と題する連作六首中の一首で、当時ひろく愛唱されていた歌である。

空穂の故郷は長野県である。善光寺のある「信濃の国」である。今とちがって六十年前の信濃であるから、この「鉦鳴らし」はむろん巡礼の鉦である。巡礼になって信濃の国をあちこちたずね歩いたならば、生前の母にまみえることができるかもしれぬと、ひとすじになき母を追慕する。その感情は清純で、若々しい気分にみちみちている。これが人びとにむかえられた。「信濃」を大和、山城、河内、和泉など自分の生国に、「母」をなくなった肉親のだれかに置きかえて、読者は空穂と同じ悲哀の感傷にひたることができる。いうならば自分のかわりに歌ってくれたような気がする。この歌はそういうよき意味の大衆性を持っている。

同じ連作中の、

生《い》きてわれ聴《き》かむ響《ひびき》かみ棺《ひつぎ》を深《ふか》くをさめて土落《つちおと》す時《とき》

われや母《はは》のまな子《こ》なりしと思《おも》ふにぞ倦《う》みし生命《いのち》も甦《よみがへ》り来《く》る

などはややおもむきを異にしてリアリズムの精神が感じられ、後の空穂歌風の根源を思いしのばせるが、「鉦鳴らし」の歌はなおロマンチシズムが濃厚で、新詩社「明星」の作風とやや共通するところがある。空穂ははじめ新詩社に加わって作品を寄せた。それは与謝野鉄幹が激賞し、新詩社中の詠み手とうたわれたが、一年ほどで退社している。明星の歌風とあいいれぬ自分に気がついたからで、それから次第に空穂独自の歌風がはじまる。

雲《くも》よむかし初《はじ》めてここの野《の》に立《た》ちて草刈《くさか》りし人《ひと》にかくも照《て》りしか

これは『まひる野』の中でもいちばん美しい歌だが、翌年、水野葉舟と合著で刊行した第二歌集の『明暗』にはつぎのような秀歌がある。

我《わ》が涙《なみだ》そそぎし家《いへ》に知《し》らぬ人住《ひとす》みてさざめく春《はる》の夜来《よく》れば

都会生活者として、借家を移り変りしていたのだろう。思い深い歌で、初期の空穂の歌のなかではこれをこそ第一番とする。人生のすがた、その真実感、人間生活の悲しみがしみじみと嘆くがごとく胸にしみこんでくる。このころから空穂の歌はだんだん自然主義文学の方向をたどり人生派風になってゆく。

覚《さ》めて見《み》る一《ひと》つの夢《ゆめ》やさざれ水庭《みづには》に流《なが》るる軒低《のきひく》き家《いへ》（歌集・さざれ水）

窪田空穂

『さざれ水』は空穂の第十二歌集で、昭和九年の刊行である。第一歌集『まひる野』からおよそ三十年近い年月を経て、空穂はすでに六十歳に近い。老年というほどではなくても、いのちさかんな血気のころとはちがって、時におりおり昔を思い、故郷に心をはせたりもする。この歌はそれが幻覚となってあらわれたので、「幻の水」と題する連作四首中の一首である。ひらたくいえば白昼夢である。ひっそりとして物音ひとつしない真夏真昼、ふと幻が過ぎた。夢のように過ぎたのだ。それが「覚めて見る一つの夢」で、ありありと見えた郷里の家の庭の光景が「さざれ水庭に流るる軒低き家」なのである。この「一つの夢」はふと見た幻覚と、そうしてそれを惜しむ思いの両方をふくめている。「覚めて見る」そうして「一つの夢や」と三句につづくことばづかいは空穂ひとりのもので、写生派などとはちがうようだ。それは古今、新古今など、あの精巧な歌のしらべを空穂風に新解釈して処理されている。今日の歌人は、学者もともに万葉はわかっても古今、新古今は理解できないが、空穂は学者としても最高権威者、それがその歌をして独自の風をなさしめ、追従を許さない。ひと口にいえば郷愁の歌だが、それはさざれ水のようにたんたんと澄みとおっていて、その心境をしのばせる。

*

あはれなり我《わ》が身《み》のはてや浅緑《あさみどり》つひには野《の》べの霞《かすみ》とおもへば（新古今集）

小《お》野《のの》小《こ》町《まち》

歌の意味からすれば、初句「あはれなり」は結句の「霞とおもへば」のあとにつづくものだが、それをあえて初句に持って来て、しかも切っている。女としては大胆だとも思われるけれど、これがこの歌をしてひとしおあわれぶかいものにしている。「野べの霞」は、死後火葬に付されて、その煙が野べの霞となるのであろうと、自分の身の果てを思い悲しんでいるのである。しかし火葬の煙などを考えずに、歌の表にあらわれた意味だけの「野べの霞」と解しても十分にわかる歌だ。

あるいはその方が西洋詩などの影響感化を受けている現代人の趣向に合うものかもしれないが、小町の歌としてはそれほどてれんてくだを尽くしたのではなく、案外心素直にできたのではないかと思われるふしがある。本心をうちあけたものとして、それだけにかえって私など小町に同情するのである。

この歌は「哀傷歌」として新古今集に入集しているけれど、新古今はむろん、古今集時代よりも前代の歌人で、また古今集時代よりは下るけれど、これも同じく前代の歌人である和泉式部《いずみしきぶ》とともに新古今集では客員としての取りあつかいを受けている。とまれ古今集時代からの才媛《さいえん》としては、伊勢《いせ》、相模《さがみ》、馬内侍《うまのないし》、赤染衛門《あかぞめえもん》、和泉式部らが挙げられるが、やはり小町と式部の二人が断然群を抜いて輝いている。しかも二人ともそろって不幸というか不遇というか、あわれな運命をたどって行った。

小町は小野篁《おののたかむら》の孫で、父は出羽守良真《よしざね》とも伝えられ、仁明、文徳、清和の頃の人のようだが生死の年月も分明せず、数多い伝説の中に遠く霞んでしまったけれど、今にはじまったことではない。ただ絶世の美女であったことと、きわめて気位の高い女であったことだけは確かなようだ。生涯夫を持たなかったのは、遂げられぬ恋、仁明天皇をひそかに想《おも》いつづけていたためであるという人もあるほどだ。

つれづれと空《そら》ぞ見《み》らるる思《おも》ふ人天降《ひとあまくだ》り来《こ》む物《もの》ならなくに（和泉式部歌集）

和泉式部《いずみしきぶ》

「つれづれ」は「徒然」などの漢字を当てることがあるから、意味を誤る。ぼんやりとうつろな気持でいるのでなく、独《ひと》りつくづく思いつづけてながめてあるをいうのである。恋い思う人を待ちこがれているうれしい、いわしき気持、それを空に託して歌いあげた。むろん天から降ってくる物ではないが、その道理を心得ながら敢えてそのことをいっているのは、万葉女流歌人のただひとすじに情熱を爆発させているのとは異って、やはり爛熟《らんじゆく》した王朝文化を身につけた、もっと複雑で高等な、あわれともかなしともいいようのない女ごころを歌っているのだ。萩原朔太郎はこれをもって千古の名吟とさえいったが、過褒《かほう》とは思わない。式部傑作中の傑作なのだ。

しかしお伽草子の作者は和泉式部を遊び女といい、あるいは罪深かりぬべき人と呼んでおり、また後世の道学者先生たちの評判もはなはだ手きびしいけれど、しかし後醍醐天皇がこういう式部の集を御手ずから書写なされたこともあるくらいで、王朝時代がどのような時代であり、その生活がどのような生活であり、そうして式部の歌がどのような歌であるかを知るものなら、めったなことはいえない。中世以後武家の儒教的精神などではとうてい抹殺しきれるものではなかったのだ。

ともあれ式部は当代第一の女流歌人であり、前代の小野小町といえども遠く及ばない。いやひょっとすると当代多くのすぐれた男の歌人たちも式部にはかなわなかったのではないか。

その千五百首にのぼるおびただしい式部の集は、ことごとく恋の歌ばかりだといってもよい。しかも初恋の相手は定かでなくても、なおその詩情は彼女の生涯のいずれの歌にも付きまつわっていると見られる。この天才も晩年は不遇で、憂悶《ゆうもん》のうちに悲惨な生涯を閉じた。

尼になろうとした時の歌をかかげておく。

かくばかり憂《う》きを忍《しの》びて長《なが》らへばこれよりまさる物《もの》もこそ思《おも》へ

＊

君《きみ》がため瀟湘湖南《せうしやうこなん》の少女《をとめ》らはわれと遊《あそ》ばずなりにけるかな（歌集・酒ほがひ）

吉《よし》井《い》勇《いさむ》

処女歌集『酒ほがひ』に出ている。『酒ほがひ』の出版されたのは明治四十三年九月だから二十五歳の時にあたる。勇は十四、五歳のころから歌を作っているけれど、彼自身「専念それに没頭するようになったのは、四十三年新詩社に加盟、与謝野寛氏に師事して以来のことだ」といっている。そうすると『酒ほがひ』は新詩社に加盟したと同じ年に出版していることになり、この歌は寛に師事する前の、いわば自分勝手の流儀で歌っていたころの作だということになる。興味のあるのは、勇の歌はその最初から吉井勇調というか吉井勇風というか、ともかく彼独自の歌風歌調ができあがっていて、それが生涯いささかも変わらなかったということなのだ。これはまことにおどろくべきことだが、たとえばこの歌を読んでみるがよい。おのずから声を張りあげて朗々と歌いあげたくなるにちがいない。朗々と歌いあげているうちにわれ知らず恍惚《こうこつ》となり、いつか一滴の涙がほおをつたうというような、人間の悲しみともなげきともつかぬ、一種ふしぎな感情がどこからともなくにじみでてくることに気づく。私は今もよくこの歌をくちずさむ。別にどうこうの理由はない。若かりし日の私はこの歌を高々と朗誦することによって青春の鬱《うつ》を発散させていたのだ。少年の日、心に沁んだものは生涯忘れられないもののようだが、この歌は朗誦にたえうる。今では勇の歌以外は宴席などで歌いあげられる歌はなくなった。歌にはもともとそういう伝統があるものだのに、それが今はもうない。歌も時代によって、思想によって、いろいろに変貌するから、これはいたしかたないとしてみても、それが歌の進歩かどうかはたれも決められないことである。一口にいえば勇の歌は案外に万葉的である。万葉ぶりといってもよいが、同時代の斎藤茂吉や北原白秋にくらべて、柄が大きく豊かである。かつほがらかで堂々としている。

歌意はきわめて簡単明瞭、一人の女を愛しだしたために、これまでの遊び仲間だった他の多くの少女らは自分から離れていった、というだけだが、そのことがいくらかさびしく思われる余情をふくめている。瀟湘も湖南もともに中国の地名によったもの、逗子、鎌倉へんがそれに似ているというのでかくは称せられ、双方の一字だけをとって湘南と略し湘南地方などと呼ばれる。勇が鎌倉に住んでいたときの作で、若き日の勇の面目躍如たるものがある。

君《きみ》にちかふ阿蘇《あそ》の煙《けむり》の絶《た》ゆるとも万葉集《まんえふしふ》の歌《うた》ほろぶとも（同）

吉井　勇

前の歌とともに『酒ほがひ』のなかでももっとも有名な歌の一つだ。歌のよしあしとか、好ききらいとか、さらに歌壇とか文壇とかいう垣を越えて、一般世間の共有物になりきってしまったもの、これが名歌だ。名歌は名歌になるだけのなにかがあるので、今日的な歌人意識でかれこれ批判してもはじまらない。この歌をつまらぬという人、たいした歌でないという人はいくらもあるが、反対に好きだ、りっぱだという人がそれにもましていっぱいいるとしてみたらどうにもなるまい。勇に名歌が多く、名歌に近いものの多いのは、歌がそれだけすぐれているためで、よい意味の大衆性に富んでいることを物語る。事実、勇の歌は現代他のいかなる歌人よりも社会的なひろがりが大きいようだ。それと同時に過去から未来に通じる悠久のしらべといったようなものがどことなしにある。これのないものは一時代の人気に投ずることはあっても、時代が移れば人気も移る。『酒ほがひ』は当時の人気に投じ、ことに青年子女の紅涙《こうるい》をしぼらせた歌集であったが、それが今日においても人気のすたらないのは、そういう悠久のしらべがあるためだ。

　この歌はいうまでもなく相聞の歌で、「君にちかふ」の君はもちろん相手の女にちかう意味だが、名歌ともなれば、この君はたれであってもさしつかえない。たれにでもかわりうるところが名歌の名歌たるゆえんかもわからない。そういうひろがりがあるだけに正体は大きい。「阿蘇の煙」も「万葉集の歌ほろぶ」も思いつきだというものもあるが、かりに思いつきにしてみても、たとえばイヌころや虫けらを思いつくよりはくらいだけでも高かろう。勇の歌を白痴美だといったのは戦後の歌人だ。そうして鷹揚《おうよう》である。そういうことに頓着せず、そういうものをもふくんで勇の歌は大きいのだ。大きかった彼のからだとまったく同じである。

*

さざれ波《なみ》磯《いそ》巨勢道《こせぢ》なる能登湍《のとせ》河音《がはおと》のさやけさたぎつ瀬《せ》ごとに（万葉集巻三・三一四）

波《は》多《たの》少《お》足《たり》

さざれ波は小波。こまかく文《あや》をなして立つ波で、さざなみと同じ。その小波が磯を越すの意味から同音の巨勢に掛けて序詞とした。だから「さざれ波磯」はこの場合意味はないのだけれど、能登湍河やたぎつ瀬をいうのにいくらかの間接的または補助的な役をはたしていると考えてよい。それとともにしずかな「さざれ波」を受けて「磯」と強いアクセントをつけ、「巨勢道なる」の「なる」で自然な息づかいに戻り、そうして「能登湍河」と三句を名詞で切って、下の句は音を先にいってそのたぎつ瀬の河を説明している。

この下の句によって、これは一定の地点から歌われたのでなく、その河に添ってその道を歩いていることがわかる。「たぎつ瀬ごとに」によってそれがわかる。音立てているたぎつ瀬のあたりを過ぎる。それが遠ざかる。すると向こうから聞こえてくるという情景で、その河のたぎつ瀬を見、その音を聞きながら歩いている。いいようもなくさわやかな感じのする歌で、ここがこの歌の一番大切なところだが、それをいった人はかつてない。

巨勢は現在古瀬の地で、国鉄和歌山線の吉野口駅のあたり。むかしはこのへん一帯をいったのだろうが、私は少年のころ吉野の学校へここを毎日汽車で往復していたし、この能登湍河に沿って何回か歩いたこともあるから、このあたりの地理はよく知っている。その歌われた昔はどのようであったかは知るよしもないが、それほどの急流でないから、ところどころに杭《くい》を打った柵《しがらみ》がしつらえてあり、水はそこを塞《せ》くようにして落ちたぎっていて、この歌の情景そのままだ。

ところで巨勢は大和でないという新説が出た。それはさざれ波が磯を越すのだから「越《こし》道《ぢ》」にかかる序である。万葉時代にはこに二種類のこがあって、越道のこすのこは甲類、巨勢のこは乙類、したがって巨勢の地とは別、琵琶湖の東岸の天の川か、というのが『日本古典文学大系』の説である。うなずける説だが、巨勢の地はもともと「越《こし》」ではないかと思っている。越し、越す、越せ、であり、それがいつのほどにか巨勢の字が当てられたのではあ

ぬ」などとながが説明した末に「しくものぞなき」とまずい結論をつけて、古今集歌ふうの悪いくせを出したのに反し、それを踏まえたとはいえ、本歌とは似ても似つかぬ、身も心もまったく異なる、このような秀歌をなしえたのはさすが定家だ。春の朧《おぼろ》月夜の情景を詠んでこれほど完璧、これほど高尚の作は、あとにも先にもないといいたい。

　上句の大空は誇張だし、においに霞むは理に合わないと指摘するのはたやすい。が、作者はもとより承知の上だ。あえて感覚的にそういわないかぎり人々は納得しないのだ。だれもが経験して、だれもがよしとする梅におう朧月夜だ。誇張もやむをえないというのでなく、いかに誇張すべきかに苦心している。だからこそ「くもりもはてぬ」と思い入れをして、結句は「春の夜の月」と体言止めで余情を残した。そこで思い出されるのは蘇軾《そしょく》の詩「春夜」だ。

　春宵《しゅんしょう》一刻直《あたい》千金　花に清香有《あ》り月に陰有《かげあ》り　歌管楼台声細細《こえさいさい》　鞦韆《しゅうせん》　院落夜沈沈《よるちんちん》

　吟誦していると情景が目に浮かぶ。美しい春宵の情景が手に取るように見えてくる。けれど定家の歌はさだかにはなにも歌われていない。それを象徴して情趣だけが歌われている。しかも空、梅、におい、霞、春、月など、なんの奇も変哲《へんてつ》もないありふれたものの組み合わせだけれど、いずれももっとも美しいものばかりだ。きたないもの、醜いものはかけらさえない。最高級の材料のみをもって処理した、これはまことにぜいたくきわまる歌だ。それが新古今集の心ともいえるが、また類型化し末梢化して長く久しく明治までつづく。そうして今はこの歌の評判もかんばしくない。時に悪口をいうのもある。それは簡単にいうけれど、それならいったいたれがこうした歌を作れるか。新古今時代歌壇の支配者、その実力者定家の歌はそとで見るほどなまやさしくはない。

春《はる》の夜《よ》の夢《ゆめ》のうき橋《はし》とだえして峰《みね》にわかるる横雲《よこぐも》の空《そら》（同）　藤原定家

春の夜の夢が浮き橋のようにはかなく中途でとぎれてしまい夢ともうつつとも覚えぬさかいはもう暁《あかつき》に近いらしく、雲が峰から離れて空にたなびいているようだというのである。さだかにものを歌っているのでなく、夢うつつの心情世界を歌いあげた心象風景歌であるから、これを解釈するのは無理であり、散文に移すなどもってのほかである。それはどれほどたくみに力をつくしても及ばぬことだ。かえって歌をそこない害する。これはこのまま読んでその心を心に感じとるほかない。もともと歌とはそういうものだが、あえてはばかりもなく講釈して恥をさらす。おろかなしわざだが、しかしこの歌は前の梅のにおいの歌とは違って定家の定家らしいその艶美なる象徴歌、その人工美の極致を行くものとして、私は純粋にこれを高く評価して珍重する。だから文選《もんぜん》、高唐賦《こうとうふ》の「妾は巫山《ふざん》の陽高丘の」など、夢の中で美女と契《ちぎ》る話など私には無縁だ。峰にわかれる雲に、なごりを惜しむ美女の面影を見るなどは真っ平だ。それらはこの歌の純粋な詩情をけがす俗説としたい。
かつて川田順はこの歌を激賞し「平安朝時代の貴族的和歌が辿り辿った道の最高峰に登りつめたものがこの一首であり、この一首を残して他の何万首は湮滅《いんめつ》し去っても平安朝和歌の存在理由は確実である。実に、この歌は和歌史上、柿本人麿の傑作と拮抗すべきものである」といった。いさぎよき言葉だ。私は忘れないでいるが、しかし順ほどに私はぞっこんではない。

*

木《き》に花咲《はなさ》き君《きみ》わが妻《つま》とならむ日《ひ》の四月《しぐわつ》なかなか遠《とほ》くもあるかな（歌集・収穫）

前《まえ》田《だ》夕《ゆう》暮《ぐれ》

明治四十二年、夕暮二十七歳の作、処女歌集『収穫』におさめられている。しかし実際は『収穫』よりも前に『哀楽』というパンフレットが出されており、そこに次のような秀歌がある。

春《はる》ふかし山《やま》には山《やま》の花咲《はなさ》きぬ人《ひと》うらわかき母《はは》とはなりて

二つとも歌会のあと、宴席などでよく朗詠されたりするから、事実を知らぬ人びとは、この方が後の作のように思うらしいが、両者は全然関係がない。関係があるのはその歌のしらべである。パンフレット『哀楽』の名に似て、ともに哀楽の感がある。「春ふかし」の歌が「木に花咲き」の歌となっていちだんとよくなったことがわかる。それは「山には山の花咲きぬ」だけではたよりないが、「木に花咲き」は言葉のやさしさに似ず、四句の「四月」と対応して、じつに自然に、またあざやかにそれがどのような木や花であるかをいわずして、思い感じさせる。たくらみのない清い心だ。だからそのよろこびの日を待つ「なかなか」の思い、二つの詠嘆の助詞を含む「遠くもあるかな」の終わりまで、作者といっしょについて行ける。そうして長い深い息をつくのである。

　この歌ははじめから終わりまで休止しない。めずらしく長い感じのする歌で、しらべがよい。それにほがらかで明るい感じの歌だが、どこか哀感に似るさびしさがただよっている。明星の観念的な歌に激しく抵抗しながら、なお甘い。ほどほどの甘さというのであろうが、それらが夕暮独自の歌風としてもてはやされ、やがて若山牧水とともに牧水・夕暮時代をつくり、大正のはじめ、しばしの間ではあったが歌界に一時期を画した。世間はそれを短歌における自然主義と称したが、この歌は夕暮初期の代表歌として聞こえが高い。

わが妻《つま》が女中《じよちゆう》にものをいひをれりくろばあの青《あを》き葉《は》をつみながら（歌集・陰影）

前田夕暮

『陰影』に出ている。『陰影』は夕暮の第二歌集で、大正元年に刊行された。その自然主義がいわれたくらいで、先の『収穫』の歌にくらべるとかなり現実的になっているが、だいたいは『収穫』の延長とみてよい。ただし「木に花咲き」の歌とはおおいに異なる。青年の夢ならぬこれは現実の家庭生活の歌である。だから女中などが出てくるのである。これを他の言葉でいった歌はたくさんあるが、女中の語をつかったのはこの歌がはじめてではないのか。案外に生きている。

作者はどこにいるのか、それは歌の表に出ていないが、妻と女中のはなし声の聞こえるところにいることは確かだ、座敷にいるのか書斎にいるのか、その作者のいどころまでせんさくするのはいかがかと思うが、しかし庭に出てくろばあの葉をつんでいるのは妻と女中なのだ。ひまがあって時間をもてあましているのだ。作者は歌でも作りながら、その声を聞いていたのかもわからない。

何でもない歌のようだが、しみじみとした味わいがある。庶民的な親しみが感じられて、心のうちがあたたかになる。りっぱな第一級の歌をとそりかえるものの多い当時、こういう歌を作るのは勇気を要したことであろう。昭和のはじめごろ、私は一、二回夕暮をその大久保の家にたずねたことがある。弁護士で夕暮の弟子の矢代東村《やしろとうそん》といっしょだった。二階の座敷に通されたが、夕暮は名代の植物好きだったから、庭には木がいっぱいにしげっていて、この歌のような情景ではなかったと思う。夕暮が不定形のその自由律短歌に走る前ごろで、私を喜び迎えてくれたあの温容を忘れない。しかし夕暮も東村もすでに故人である。夕暮のその後における代表歌をかかげておく。

洪水川《でみづがは》あからにごりてながれたり地《つち》より虹《にじ》の湧《わ》き立《た》ちにけり（歌集・原生林）

四月

瓶《かめ》にさす藤《ふぢ》の花《はな》ぶさみじかければたたみの上《うへ》にとどかざりけり（竹乃里歌全集）

正《まさ》岡《おか》子《し》規《き》

明治三十四年四月二十八日の作。「くれなゐの二尺伸びたる薔薇《ばら》の芽……」の歌を作ってからまる一か年経《た》っている。そうして子規の病気はいよいよ悪化している。その日記「墨汁一滴」の四月十九日には「をかしければ笑ふ。悲しければ泣く。併《しか》し痛の烈《はげ》しい時には仕様がないから、うめくか、叫ぶか、泣くか、又は黙ってこらへて居るかする」とあるが、おおげさではあるまい。子規ほどの人だ。人一倍勝気《かちき》の人が、ちょっとやそっとで「うめくか、叫ぶか、泣くか」などとわめくはずがない。よほど苦しかったのだろう。じつに悲痛だが、しかし「をかしければ笑ふ」場合もあったのである。このフジの歌は十首の連作からなり「墨汁一滴」記載の作だが、そのおわりに「おだやかならぬふしもありがちながら病のひまの筆のすさみは日頃稀なる心やりなりけり。をかしき春の一夜や」とある。病中子規のめずらしき好日であったようだ。このフジの歌は子規の歌のなかでもとくに有名である。子規の代表的な写生歌として人口に膾炙《かいしや》している。賛否両論にわかれていく度かはげしい論争がくり返されたが、いつのほどにか価値が決定して、子規の傑作だということになってしまった。むろん子規門下がいいだした。いっせいにみなそれをいったけれど、あずかってもっとも力があったのは孫弟子にあたる島木赤彦と斎藤茂吉である。茂吉や赤彦はじつに執拗で、そうまでいわずともよかりそうだと思われるまでに弁護し、推奨した。それはそれでよいとしても、茂吉などはついでに「大凡《おおよそ》の歌人が十が十迄《まで》この様な稚《おさな》い現し方では物足りなくつまらないと感ずるに相違ない。歌をよむだんになって、いろいろな感を急拵《ごしら》えする。而《しか》していかにも深さうに、悟ったやうに、天分ゆたかな詩人らしい様を現はす。それ等はまだよい。それ以下になればこの様な印象すらもてんで起らない程、感覚が鈍い。それでゐて如何《いか》にも深さうな詩人らしい歌を作ってゐる。まことの自己の印象から出発しないで上《うわ》の空で歌を作ってゐる。それではこの歌の妙味は分らぬ」などと、写生派以外の、つまり自分たち以外の反写生派諸歌人をののしった。大した自信だが、彼らはそういうだけのすぐれた歌を作っていたのだから、彼らの言に従わねばならぬということになった。新詩社風がおとろえると反対に子規系は歌界の中心に乗りだし、そうしてこのフジの歌がいよいよ価値ありとされ、真価をあらわしだした。

私の若いころの話だが、赤彦や茂吉がいかほどこの歌を称賛しても、そのおもしろさもよさものみこめぬ人が多く〝花ぶさ長ければ〟〝とどくなりけり〟とか、からかうものもあったりしたのだ。けれどやはりこれはすぐれた歌で、病中の子規の心を思いやるなら、それが純客観的な歌であるだけにかえってつきぬ味わいがある。

いちはつの花咲《はなさ》きいでて我目《わがめ》には今年《ことし》ばかりの春行《はるゆ》かんとす（同）

正岡子規

同年五月四日「しひて筆をとりて」と題する連作十首の第二首目である。第一首目は

佐保神《さほがみ》の別《わか》れかなしも来《こ》ん春《はる》にふたたび逢《あ》はむわれならなくに

ともにすぐれた歌である。前のフジの歌についていけない人でも、これならばと随喜の涙をながすのもある。佐保神の歌の方はややおおまかな叙情ぶりだが、このイチハツの歌は、庭前のその花に即して歌われてあるだけに、いっそういきいきとした感じで、ふたたびとは逢い難い「今年ばかりの春」であることよとなげいている。主観の勝った現実感の強い歌で、その悲しみがそくそくとして胸に伝わってくる。子規最高の叙情歌の一つで、ここまで来ると融通無碍だ。円熟している。その写生説のごときは、単に作歌の方便であったにすぎず、すでに埒外《らちがい》にあるかのように思われたりもする。渾然の境に達しているのだ。されば題

詞の「しひて筆をとりて」はいやいやながら無理に筆をとったのではなく、作歌衝動にかられて、歌わずにいられなくなってやむをえず筆をとったのである。写生は大切だが、こだわっているのでないことをおのずから物語っている。

*

月《つき》やあらぬ春《はる》や昔《むかし》の春《はる》ならぬ我《わ》が身《み》一《ひと》つはもとの身《み》にして(古今集)

在《あり》原《はらの》業《なり》平《ひら》

今見ている月は昔のままの月ではないか。そうしてこの春も昔と同じ春ではないか。自然は少しも変わらないのに、自分だけはもとの身のままのようで、とあとをいいつくさずにその歎《なげ》きを読むものの心にあずけている。わかったようなわからないようなもどかしさを感じるけれど、これは「月や昔の月にあらぬ、春や昔の春ならぬ」の片方の「昔」を省略したので、写生派の歌人たちのいうような小細工をしたのでない。高調してくる感情を歌いあげていると自然にこうなるので、それがことばの魔術というのか、いいようのない妙味が生まれてくるのである。

この歌には題詞がある。題詞に支《ささ》えられて一首の独立を危うくしているという人もあるけれど、私はそれほどには思わない。「五条のきさいの宮の西の対に住みける人に、ほいにはあらで」云々と長い題詞を読まなくても、これは女と別れた歎きを歌ったものであることぐらいたれにもわかる。自然は変わらないのに、人の世は変わる。人生の推移を自然に対照させて歌う。それは古今も万葉も同じことだが、万葉だったらそれを直叙する。が古今集となると「月やあらぬ春や昔の春ならぬ」と反語や対句を用いて、わが身の変わらないことを余情に託して訴える。暗示的であり知的である。あきらめきれない悲しみを、未練がましく歌いあげる。そのねばつくようなしらべの中に作者自身があつい涙を流している。恍惚《こうこつ》としているのだ。それがこの歌の心である。なおこの歌は古今集巻十五の恋歌の最初に出ている。最初に置かれたというのはただごとでない。貫之らよりは一時代前の人だが、やはり人々の口にのぼって名吟とされていたからであろう。

白玉《しらたま》か何《なに》ぞと人《ひと》の問《と》ひしとき露《つゆ》とこたへて消《け》なましものを（伊勢物語）

在　原　業　平

業平の恋愛の対象として選ばれた多くの女の中に藤原長良の女高子《こうし》がいる。後に入内《じゅだい》して清和帝の後宮となるが、この高子と恋に落ちると二人はしめしあわせた。逃げることだったのだ。そこである夜業平は女を盗み出し、女を背負いながら春日野へんまで走り出た。その途中、草の上に置いた露を見て女がたずねた。「あの白い玉は何ですか」と。しかし男はまだ行く先が遠かった。それに夜もふけていることでもあり、それには何とも返事をせずに道を急いだ。けれど女の兄たちにその隠れ家は見出され、女は取り返された。そうして業平は罰せられて髪を切られ、東国の旅に出なければならなかった。それを悲しんで詠んだのがこの歌だと伝えられている。「露とこたへて消なましものを」のこの下の句は、こうした物語を知ると否とにかかわらず、これはこれだけで十分に人の心に沁《し》むものがある。露のように消えるというのは何ごとでもない。その類型は詩歌の類型だともいえるほどに遠い昔からある。けれど「露とこたへて」と即座にいうのがやはり王朝時代の心だ。「消なましものを」は、ものやさしく、そうしてものはかなさそうな、今にも消えるかと思うほどのたえだえの息づかいさえも思わせる。相聞の歌もさまざまある。万葉にも心のやさしい女の歌はたくさんあったが、これは男の歌である。女性化した男の歌だなどという前に、このように歌わねばならなかったその時代やその生活を思いやる必要もあるだろう。相聞歌の絶唱である。

業平は小野小町とともに美男美女の典型みたいにいわれる。同時に漁色にふける遊蕩児として古来史家の筆鋒《ひっぽう》は鋭いけれど、その環境とその時代を考えると簡単にものはいえないのだ。その「伊勢物語」は「竹取物語」と併称せられる平安朝初期仮名文小説のさきがけでもあり、また歌人としてもりっぱだった。貫之は古今集の序の中で業平の歌をあげつろうてはいるけれど、何としても特色ある随一の歌人で、よく比肩《ひけん》するものがない。

＊

うちなびく春来《はるきた》るらし山《やま》の際《ま》の遠《とほ》き木末《こぬれ》の咲《さ》き行《ゆ》く見《み》れば（万葉集巻八・一四二二）

尾《お》張《わりの》連《むらじ》

尾張連とあるだけで名も伝も不詳。「うちなびく」は「春」にかかる枕詞。春になって草木がやわらかに萌《も》えいでる、そこからきた修飾語であるらしい。「うちなびき」をよしとする人もあるが、それでは調べが俗になる。やはり「うちなびく」の方がよいし、枕詞としてもおちつく。いよいよ春がきたらしい。みあげる山の木々が花咲いてゆく。きのうよりきょうはさらに遠い峰の奥まで咲いたのがみえるというので、山の低いところから咲きはじめた花が、次第に高いところへ咲き移ってゆく時間的経過をあらわしている。この「遠き木末の咲き行く」がじつに自然な表現で、たとえようもなくよい語だ。そして「咲き行く見れば」の結句に作者の思いが集中している。行きずりの旅行者ではないのだ。その家から望まれる、みあげられる山山の花を歌ったので、「春来るらし」といっても、花咲く四月なのだ。春はいよいよたけなわだとの感慨を「見れば」のなかにいいふくめている。おもてだった詠歎語をさしはさまず、またしいるような口つきの歌でないから、たれにも受けいれられる、この過不足なき柔軟の調べをこそよしとするのだ。そうしてこれを今日のわれわれの間で受けいれるとするなら、遊びにはゆきたいが事情あってでかけられない。あわただしくきのう、きょうと咲いては散ってゆく山のサクラを遠くながめるばかりで憂悶《ゆうもん》にたえないという情をかわりに歌ってくれたとして鑑賞したいのだ。

私はこの歌のような情景を吉野山でみたことがある。少年のころにもみたが、先年吉野山に十日あまり滞在した時、この歌そっくりの情景をみた。下の方から中の千本が咲き、それから水分《みくまり》神社のへん、上の千本まで咲くのに数日はかかった。西行庵のあるあたり奥の千本の咲くまでには十日以上かかる。四月の末でもまだ花は残っている。日帰りの花見ではこれはかなわぬことである。吉野の花が有名になるのは後の平安朝もくだってからだが、しかしサクラは日本在来のものだ。いたるところに自生しており、今よりはもっとたくさんあって、この歌と同じような情景が各地各所でみられたのでないか。春日山のサクラの歌でもそれが想像できる。けれどサクラは万葉集では中国渡来のウメほどの人気はない。ウメの歌は百首以上あるのにサクラの歌は四十首あまりだ。今もむかしも同じこと、新しいもの珍しいものを喜ぶのは人情のようだ。ただしウメの歌は多い割りあいによいのが少ない。このサクラの歌に匹敵するほどのもののないことだけは確かである。なおこの歌は巻十に第二句が次のようにあらためられてはいっている。作者は不詳、万葉集末期の口調を感じる。

うちなびく春《はる》さり来《く》らし山《やま》の際《ま》の遠《とほ》き木末《こぬれ》の咲《さ》き行《ゆ》く見《み》れば（同巻十・一八六五）

ズムとなって一首を貫流していて、透徹した詩魂の高さが感じられる。牧水歌風の完成期における傑作のひとつである。しかしこの歌よりは同じ連作のなかの次の歌の方をよしとする人もあるだろう。

　瀬々《せぜ》走《はし》るやまめうぐひのうろくづの美《うつく》しき春《はる》の山《やま》ざくら花《ばな》（同）

「瀬々走る」は、この場合川の瀬を泳いでいる、さばしるサカナのことである。ヤマメもウグイも渓流にいるサカナの名。「うろくづ」は「いろくづ」でここでは小さいサカナと解してよい。この歌の四句「美しき春」の「美しき」はヤマメやウグイにもかかるなら、ヤマザクラ花にもかかる。両方の美しいことをいっているが、これをどちらかに片づけたがるのが写生派の末流だ。この「美しき」がふたつをつなぐ重大な役目をなすと同時に、そのふたつをいっそう美しく思わせるだけでなく、それを越えた別種の美しさをそれとなく感じさせるのである。それを感じとることができるなら、この歌は前の歌とはまた違う感覚的な美しい歌として称揚されるのである。どちらを好むかはその人によるが、なお前の歌のすなおにしておのずからなる、そのやさしくて美しき歌柄をこそよしとするのである。これは大正十一年春、伊豆湯ケ島温泉における連作二十余首中にあり、歌集の名もこれらの歌から来ていただけに、牧水自身もとくに前の歌が得意であったらしく、晩年は好んでこれを揮毫《きごう》した。なお没後名古屋の熱田白鳥山に歌碑として建てられた。

家《いへ》には君《きみ》かへるでのもみぢばの双手《もろて》をあげて子《こ》らは待《ま》ちつつ（歌集・筑摩野）
若山喜志子《わかやまきしこ》

喜志子は牧水の妻だが、牧水は一年の大半は旅に出ていた。旅と酒の歌人といわれたほどの牧水である。その牧水は早稲田大学時代は制服も着たらしいが、その後はいっさい洋服というものを着ず、和服を着てどこへでも気楽に出かけていった。その行く先も時にはわからないことさえあった。そういう牧水の家に帰ってくる日を待ちわびている歌だ。「かへるで」は「カエデ」で「帰る」にかけている。またカエデは紅《あか》くもみじするから、そのかわいいもみじのような子らの手をいうために「もみぢばの双手」といった。牧水の歌風に似てすなおな歌で、この歌といっしょに発表された、

その泊《とま》り今宵《こよひ》は毛野《けの》か信濃路《しなのぢ》かここの駿河《するが》は時雨降《しぐれふ》りつつ（同）

とともに私は時評でほめたことがある。大正十三年ごろのことだが、牧水一家は大正九年から東京を離れて沼津の千本浜に家を建てて住んでいたのである。

＊

石激《いはばし》る垂水《たるみ》の上《うへ》のさ蕨《わらび》の萌《も》え出《い》づる春《はる》になりにけるかも（万葉集巻八・一四一八）

志《し》貴《きの》皇《み》子《こ》

巻八の巻頭歌、志貴皇子の「懽《よろこび》の御歌」である。岩の上を走り流れ落ちる滝のほとりのワラビがもう芽を出す春になったよ、とよろこんでいる。「石激」を「石灑」とする古写本もあり、「石《いは》そそぐ」の訓もあるが、「岩ばしる」の方が音調がよい。「垂水」もほそぼそと落ちる水ではなくて、勢いよく流れ落ちる滝であった方が、よろこびをいうに似つかわしい。「さ蕨《わらび》」は早蕨ではなく、「さ」は接頭語。「石激る」の初句から「垂水の上のさ蕨の」と「の」の助辞をかさねて終わりまで休止しない。とくに四句を一音多い字あまりにして調べを高め、ゆたかに大きく「なりにけるかも」の結句を得て、まれにみる丈《たけ》高い歌になった。

この「なりにけるかも」の結句は皇子にはじまるようだ。後に山部赤人や大伴旅人らも使用したが、むろん皇子に及ばない。現代では島木赤彦一人が成功しているくらい。おおかたの歌人はそれを生かしてつかうだけの力がなかった。そうしてそういうものはもう古い、時代にあわないなどといっているけれど、はたしてそうか。

志貴皇子の宮は奈良の春日《かすが》にあった。そのあとが白毫寺であるといわれる。だからこの「石激る垂水」は春日山から流れでる能登《のと》川、率《いざ》川、宜寸《よしき》川のいずれかの滝と考えられるが、「垂水」は地名だとする説もあり、それが大阪府吹田市の垂水と神戸市垂水区の二か所あって決まらない。もし地名なら「石激る」は完全に「垂水」の枕詞となるが、この歌の発想から判断して地名説はあたらないと信じられる。けれども契沖《けいちゅう》が地名説をいい、寓意ありといいだしてから、それに従う学者も多い。歌の裏側をいうのもよいが、せんさくしすぎると純粋な詩情を殺《そ》ぐことがある。もっとも志貴皇子は天智天皇の皇子で、光仁《こうにん》天皇の父君であられる。霊亀元年か二年ぐらいに薨《こう》ぜられている。光仁の即位によって皇統は天武系から天智系になったわけだが、そのよろこびがこの歌に基《もとい》しているなどというのも附会《ふかい》しすぎる。

光仁が即位すると皇子の御墓を山陵に列し、追尊して春日宮天皇と申し上げた。田原天皇とも称せられ、御墓は現在奈良市、高円《たかまど》山を東に越えたすぐのところ、旧田原村矢田原にあって田原西陵という。それより東三キロほど離れた日笠の地の田原東陵が光仁天皇の御陵である。東の山中にはこのほかの皇陵はない。志貴皇子の歌は全部で六首だが、いずれもすぐれており、この歌は万葉集中でも傑作の一つに数えられる。

蝦鳴《かはづな》く神奈備河《かむなびがは》にかげ見《み》えて今《いま》か咲《さ》くらむ山吹《やまぶき》の花《はな》（同一四三五）

厚《あつ》見《みの》王《おおきみ》

「蝦」は「蛙《かえる》」だが、この歌の場合は「河鹿《かじか》」である。あの美しい声で鳴くカジカである。ヤマブキの咲くころはカジカはまだ鳴かないけれど、河とカジカはつきものである。だから神奈備河をいうのにカジカを持ってきた。一つの習慣でもあり歌を作るための技術でもあったわけだ。枕詞とまではなっていないが、「蝦鳴く」は神奈備河の清流をたたえるための修飾語の役を負っている。神奈備河は神奈備山のふもとをめぐる河をいうので、飛鳥《あすか》川か竜田《たつた》川かなどといわれるけれど、三輪《みわ》も春日《かすが》もそれぞれに神奈備河を持っているから、この歌はいずこの歌なるや知りがたい。

カジカの鳴く神奈備河にかげをうつして今ごろヤマブキの花が咲いているのであろうか、というのでだれにも受けいれられる美しい歌である。けれども三句「かげ見えて」にこだわって、歌全体を殺してしまったといったのは赤彦である。写生の立場からいうとそういうことになるのか。神奈備河というからには神の聖水の流れる川だ。とくに神奈備河を歌ったところを考えるなら、「かげ見えて」の「かげ」はヤマブキの水に写っているかげではなく、神のかげであるかもしれない。神の顔がちらと写ったように思えたのかもしれないが、そういったのでは詩心を殺ぐ。そういう用意あっての「かげ見えて」であるなら、この歌はいっそう美しさが増す。とまれ、調子のよい流麗な歌だから、これが本歌になって後世さまざまの模倣歌を生んだ。厚見王の系統は未詳、この歌とともに万葉集に三首でているにすぎない。

＊

指《ゆび》をもて遠《とほ》く辿《たど》れば水《みづ》いろのヴォルガの河《かは》のなつかしきかな（歌集・黄昏《たそがれ》に）

土《と》岐《き》善《ぜん》麿《まろ》

処女歌集『NAKIWARAI』は明治四十三年善麿二十六歳の時、それがローマ字三行書きの新形式であったため、世論をわかせた。第二歌集『黄昏に』は同四十五年二十八歳の時、ローマ字こそ使わなかったものの、表記の仕方は依然として三行書き。この新形式が石川啄木と相識る機縁をなし、また啄木の歌の三行書きは善麿の示唆によるといわれる。善麿は『黄昏に』を出すと、急いで今度は啄木の歌集の編集にとりかかった。病床にあって明日をも知れぬ啄木のために、命あるうちにその歌集を出してやりたかったのである。けれどそれがまにあわなかった。『悲しき玩具』が出るより先に、啄木は世を去っていたのだ。善麿はつづいて『啄木遺稿』なども編集して出したが、歌はすべて三行書き。しかし啄木の三行書きはその死と共に終わったけれど、善麿は大正四年三十一歳、第五歌集『街上不平《がいじょうふへい》』を出すまでなおそれをつづけた。この歌は『黄昏に』の巻頭に出ていて次のように書かれてある。

指をもて遠く辿れば水いろの

ヴォルガの河の
　なつかしきかな

今からすれば何でもない歌だ。何がなつかしいのか、と若い世代はいぶかるだろうが、時代は明治の末ごろである。それがミシシッピーやナイル河でなしに、革命前夜の騒然たるロシヤの国のヴォルガ河である。地図をひろげてたどって行くなら、上流はモスクワのへんにも及びつくだろう。その水いろの線をなつかしがっている。自然主義から出発し、啄木と併称されつつ善麿は次第に社会主義傾向を帯びるようになるが、この歌はそういう道程における多感な青年のあこがれごころが清々しく歌いあげられていて、読者をとらえるのである。当時としてはじつに新しかった。進歩的だったのだ。三行書きの新形式もこれと無縁であるはずがなく、根岸派や明星派の歌に激しく抵抗し反逆して生活派ともいわれる一新風を開拓した。

じめじめとこの泥濘路《ぬかるみ》のくらやみに人間住《にんげんす》めり何《なん》にも知《し》らず（歌集・街上不平）

土岐善麿

「貧民窟巡察」と題する連作の一首である。「泥濘路のくらやみ」は多分当時における東京市江東地域の貧民街をいうのであろうが、昭和の初めごろ私もその地域を何回か見ているから、この歌のいわんとする心がよくわかる。どんなにみじめな、また陰惨な生活をしていても、ひとびとは今日のように目覚めていなかった。運命としてあきらめていたのだが、それが善麿には歯がゆく思われたのである。その思いを「何にも知らず」の中にふくめているものの、これが善麿としてはせいいっぱいなのだ。爆発する心をおさえている。それがわかるだけに、またそれゆえにこそこの歌は人の心に深くしずかにしみこむのである。その歌の題が「貧民窟巡察」であり、その歌集の名が『街上不平』であった。それが善麿の歌なのだ。いや哀果《あいか》の歌なのであった。

善麿はいつから哀果の号を廃したのか。その歌の三行書きを廃したのと無関係ではなさそうだ。その社会部長であった読売新聞を辞し、伝統に「還元」した表記形式による第六歌集『緑の地平』を出した大正七年ごろからのようだが、以後は一切哀果の号を用いず、善麿の本名に復している。しかし私などには土岐哀果の名が親しいのだ。ここにとりあげた二つの歌も善麿の歌としてものをいいつつ何かそぐわぬ思いをした。哀果の歌なのであった。土岐哀果の歌であったのだ。善麿になってからの歌はまた別である。それにしても啄木逝いて五十余年、その啄木よりひとつ年上の善麿は老いを忘れたかのように今日もすこぶる元気である。そうして現役として各方面に活動している。この哀果ならぬ善麿をよく見る必要がある。

*

旅衣《たびごろも》わわくばかりに春《はる》たけてうばらが花《はな》ぞ香《か》に匂《にほ》ふなる（柿園詠草《しえんえいそう》）

加《か》納《のう》諸《もろ》平《ひら》

「わわく」はハララク、バラバラになる、破れ乱れるぐらいの意。「うばら」はイバラ（茨）で、ここでは野イバラ、野バラをさしている。長い旅をしているものだから着物もすり切れてぼろぼろになった。そうだ、春がふけたのだ、まっ白に咲いた道ばたの野バラがやるせないばかりきつく匂《にお》うている。と、それも駕籠などを用いず、ひとりぶらぶらと歩いて行くらしい気楽さを、またそれとなく旅愁の情にふくめて歌っているのである。気分がよく出ていて、感情も感覚もともに現代人に近いようだ。「旅衣」の語さえなければ、今の人の歌としても通用しそうである。あえて新しいとはいわないまでも、万葉の歌とはむろん違うし、それかといって古今・新古今の歌のようでもない。どことなしに人間がくだけていて、庶民的な感じがする。江戸時代も末ごろの何か近代を思わせる。

諸平は遠州の人夏目《なつめ》甕麿《みかまろ》の子だが、とんだことから和歌山の加納氏に養われて医業を継いだ。とんだことというのは甕麿は酒飲みだったからだ。本居宣長《もとおりのりなが》の弟子で国学を修め歌を作る人であったが、詩人でありすぎたようだ。子の諸平をつれて諸国を旅行し摂津まで来た時、酔っぱらったあげくに、子や友人のとどめるのも聞かず、月をつかまえるのだといって池に飛び込んで溺死《できし》した。この父の血が諸平に流れているのはあたり前だが、医業を継ぎながら宣長の養子の本居大平について歌学を修め、諸国から詠歌を集めて『類題鰒玉集《ふくぎょくしゅう》』を編したりして歌名しだいに高まり、藩命によって紀州国学所の教授をもつとめた。安政四年、五十二歳で没している。

編著も多いが、家集『柿園詠草』によって歌人諸平があるわけである。江戸時代はすぐれた学者が多い。雲のごとくに大勢いるが、そうしてそれらの学者はいずれも歌を作ったけれど、古今集末流の些末歌がおおかたである。しかし輝く数人はやはりいる。その中の随一人が諸平だといえるかもしれない。この歌はそういう諸平が、故郷遠州に母をたずねて行く時の歌である。ひとりでいる母をはるばるとたずねて行くのである。それを思ってこれを読むなら、この「旅衣わわくばかりに」が普通でない思いもさせるようである。

沖《おき》さけて浮《うか》ぶ鳥船時《とりぶねとき》のまに翔《かけ》りも行《ゆ》くかいさな見《み》ゆらし（同）

加納諸平

「沖さけて」は、沖を離れて遠くに。「鳥船」は、鳥のように早い船という意味だが、作者の造語なのではなく、古事記に「鳥之石楠船神《とりのいわくすぶねのかみ》、亦《また》の名は天鳥船《あめのとりふね》」とある、その鳥船から来ている。もともと楠《くす》で造ったじょうぶな船の意だが、鳥の語がついたのは、鳥は空でも海の上でも行くことができるからである。その鳥船の語をここにつかった。「いさな」はクジラの古名。沖遠くはるかな海上に鳥船みたいに浮かんでいた船が、見てるまに飛ぶようにところをかえて行ったよ、あれはきっとクジラの泳いでいるのが見つかったからだろう、とこれは諸平が熊野めぐりをした時の歌である。実際にそういう情景を見て作ったので、それにふさわしくことばづかいもすばしこく、かるがると歌いあげてさっぱりしている。さわやかな感じで重くるしいところは少しもない。心のもちかたがどこか近代的で、こういう歌にしてみても、万葉やまた、古今・新古今ふうとはかなりの違いがあるように思う。

ついでだが、万葉や古今・新古今にはクジラの歌は一首もない。万葉の歌に「いさな取り」の語はあっても、それは海の枕詞《まくらことば》としてつかわれているまでで、直接クジラを歌ったのでない。それでも「いさな取り」の語があるなら、そのころもクジラ取りはしていたのだろう。どういう取りかたをしていたのか、熊野の太地《たいじ》港にはそれほど古くはないがその絵が残っている。この歌はその絵のように状況を直接に歌ったのではないが、それにしてもクジラ取りの歌だけにめずらしい。さすがに紀州の歌人である。

五月

大空《おほぞら》の塵《ちり》とはいかが思《おも》ふべき熱《あつ》き涙《なみだ》の流《なが》るるものを（歌集・相聞）

与《よ》謝《さ》野《の》鉄《てっ》幹《かん》

ひろい宇宙からすれば人間などはまるで空に浮遊している塵みたいなものかもしれないが、自分はけっしてそんなふうには思わないのだ。なんとならば、このように人を思って熱い涙を流しているではないか、とこれは第七歌集『相聞《あいぎこえ》』の巻頭歌だから、まさしく相聞の歌にちがいないのだが、その人生自然に対する態度は第一詩歌集『東西南北』のような大上段振りではなく、ほとんど独語にひとしい形で歌われているだけに、反発を感ぜず、作者とともに「熱き涙の流るるものを」と唱和してしんみりするのである。

『東西南北』の出たのは明治二十九年、鉄幹二十四歳の時だが、その提唱する「ますらをぶり」は日清戦争後のはげしい国家主義思想に迎えられ、とくに青年層の支持共鳴をえて、集はたちまちにして十数版をかさねた。

野《の》に生《お》ふる草《くさ》にも物《もの》を言《い》はせばや涙《なみだ》もあらむ歌《うた》もあるらむ

韓《から》にしていかでか死《し》なむわれ死《し》なばをのこの歌《うた》ぞまた廃《すた》れなむ

尾上《をのへ》にはいたくも虎《とら》の吼《ほ》ゆるかな夕《ゆふべ》は風《かぜ》にならむとすらむ

というような調子で、おおみえを切ったり大言壮語したりして、今からすればずいぶんいい気なものだが、その「ますらをぶり」のローマン性は「虎の鉄幹」などとあだ名され、完全に旧派の歌をおさえて、名は天下にとどろきわたった。これが明治三十四年刊行の第四歌集『紫』になると、次のように歌風が変わる。

われ男《を》の子《こ》意気《いき》の子《こ》名《な》の子《こ》つるぎの子《こ》詩《し》の子《こ》恋《こひ》の子《こ》ああもだえの子《こ》

夢《ゆめ》は恋《こひ》におもひは国《くに》に身《み》は塵《ちり》にさても二十年《はたとせ》さびしさを云はず

秋《あき》かぜにふさはしき名《な》をまゐらせむ「そぞろ心《こころ》の乱《みだ》れ髪《がみ》の君《きみ》」

鉄幹二十九歳の時で、妻晶子をめとっている。前年には新詩社を創立し、雑誌『明星』を創刊している。「虎の鉄幹」変じて「紫の鉄幹」になったといわれ、また「星菫調《せいきんちょう》」などとからかわれながらも、そのローマン的歌風は歌界をうちなびかせ、晶子また出藍《しゅつらん》のほまれ高く、無尽蔵に才能を発揮して、今やいっ気に黄金時代を迎えようとする時分の歌だ。

しかしこれら『東西南北』および『紫』の歌集の中の名歌と称せられるものよりは、この「大空の塵とはいかが」の歌の方が、どれほど立ちまさっているかは、技術ひとつにしてみてもこれほど巧みなものはなく、その高く美しき詩精神に至っては同時代類を見ないのである。

大名牟遅少那彦名《おほなむちすくなひこな》のいにしへもすぐれてよきは人《ひと》妬《ねた》みけり（同）

与謝野鉄幹

前の歌と並ぶすぐれた歌である。古い神代のむかしから、ずば抜けてすぐれた人間はかならず人からねたまれるものだというので、これは鉄幹自身の経験する苦渋の思いを歌ったのであろうが、歌そのものはまるでひとごとのような口つきで、人の思いに似合わせて作っている。概念的な、抽象的な歌ではあるけれど、そういうことに頓着しない。すぐれた歌はそんなあれこれにかかわらず、もっと大きい立場からそれら全体をひっくるめて自家薬籠中のものにするすべを知っていた。晩年の斎藤茂吉が同じ傾向をたどっていたと釈迢空《しゃくちょうくう》が語っていたが、その迢空の晩年がまた同じ傾向をたどっていたのは、私にたいへん興味があった。

鉄幹の歌はこれら二つの歌をふくむ『相聞』を頂点として、以後はくだり坂をたどって行ったというようにいわれている。たしかにそういうふうに見られるけれど、以後の鉄幹はしだいに歌壇とはなれ、歌壇とはほとんど没交渉になってしまったし、また、歌壇は写生派が台頭し、その全盛期となるにおよんで、鉄幹の歌はだれも注意して読まなくなったということがある。けれども鉄幹は作っていた。みずからを高く持して作っていたのだ。それらはおびただしい数にのぼるはずだが、正当に評するものさえなかった。ただし晩年の北原白秋はよいとほめていたし、同じく吉井勇もすぐれた作だといっていた。師恩を思うからではあるまい。まことそのように思いこんでいたようである。『相聞』以後何万首あるか知らないが、秀歌を求めて私はしらべなければならぬ責務のようなものを感じる。

*

春過《はるす》ぎて夏来《なつきた》るらし白栲《しろたへ》の衣《ころも》ほしたり天《あめ》の香具山《かぐやま》(万葉集巻一・二八)

持《じ》統《とう》天《てん》皇《のう》

「白栲」はコウゾ(楮)の皮の繊維で作った布をいうが、「白栲の麻衣《あさごろも》」という例もあるから、コウゾにこだわらずともよい。夏着る衣は白いのだ。むかしも今も変わりはない。その白い衣のほしてあるのを見て「夏来るらし」と推量した。推量しなくともすでに来ていることはわかっているが、なおそういう表現のしかたをするのは、この時代なりの習慣というか型みたいなものがやはりできていたのではないか。これをしも確固として動かしがたきものとせられたのは、けだし天皇の作歌力のすぐれさせたもうゆえだろう。ここはどうしても「夏来るらし」でなければならない。一首の意は、「春が過ぎて夏が来たようだ、もう白い衣のほしてあるのが見えることよ、天の香具山のへんには」とことばどおりに受けとってよいのだ。

この御製は天皇が藤原宮の宮殿から望見されての吟詠《ぎんえい》だろう。あるいは賀茂真淵《かものまぶち》のいうように埴安《はにやす》の池のつつみにでもみゆきしたもうたおりの吟詠かもしれないが、「白栲の衣」は山のふもとの民家にほされてある衣で、山の中腹などではないだろう。もしも中腹などにほされていたなら、見まいとしても宮殿から見える。宮殿のあった藤原宮跡は香具山《かぐやま》にほど遠からぬ北少し西寄りの地で、現在橿原《かしはら》市高殿《たかどの》、鴨公《かもきみ》小学校隣接の土壇を中心とするところだといわれる。昭和九年から発掘調査、大極殿《だいごくでん》、朝堂院跡などはほぼあきらかになったが、内《だい》裏《り》の方はまだわかっていない。

藤原宮は地勢がよろしくない。のちに平城宮に移転するに至る最大の理由のひとつとして、この地勢の問題があげられる。平城宮は北が高くうしろに山を背負っている。南は低く、平野がひらけているが、藤原宮はこの正反対なのだ。天皇は北から南面して諸臣をみそなわす。諸臣は南より北面して天皇に謁《えつ》する。この場合、諸臣のひかえる南が高く、天皇のおわする北が低くては天道に反する。順逆を異にして易経の理にも合わぬ。藤原宮唯一の欠点だが、私は幼少よりこのへん一帯をよく知っている。だからして強弁するのでないが、南の方、香具山に近い高地の民家は、北方の宮殿に対してつねに内心恐懼《きょうく》していたはずだ。ほしものにしても高くかかげたのでは宮殿に見えよう。もとより香具山は神聖なる山だ。たとえ祭事のためにのぼるものがあったとしても、山の中腹あたりにほしものなどするはずがない。

それはともかく、天皇は女性にますとはもうせ、大器量人で、深重かつ果断の大政治家であられた。この御製はそのお人柄を見るかのごとく端正端麗、言語を絶する。すでに多くの先人がご称賛もうしあげているとおり、典型的な一首で、当時万葉集中の傑作である。よって後世多くの類型を生んだ。なお新古今集や小倉百人一首では、次のように改悪されているのは人のよく知るところである。神を意味する「あめ」が空をいう「あま」になっている。

春過《はるす》ぎて夏《なつ》来にけらし白妙《しろたへ》の衣《ころも》ほすてふあまの香具山《かぐやま》

否《いな》といへど強《し》ふる志斐《しひ》のが強語《しひがたり》このごろ聞《き》かず朕恋《われこ》ひにけり（同巻三・二三六）

持統天皇

天皇が「志斐嫗《しひのおうな》」に賜うた御製だが、この老女はどういう人かわかっていない。いわゆる語部《かたりべ》のようなものであろうと考えられている。たいそう記憶がよく、また話上手であって、天皇のお気に入りであったらしい。「否《いな》」は原文「不聴」と記されているから、聞くのはもうたくさんだというのに、いくらでもむりに聞かせる志斐の強語もこのごろしばらく聞かないので、わたしは恋しくなったというやさしい御心くばりなのであろう。さすがに女性らしい口つきの、しかもひろく大きく豊かな心からしか発しない機知諧謔《かいぎやく》をまじえて、これ以上はだれもいえないと思うほどのうまい冗談をじつにかるがるとおっしゃっている。志斐嫗に対する思いやりというのか、老女をいたわる暖かい心づかいも感じられて、君臣の間がらとはいえ、わけへだてなくしておられた、その親密感がよくあらわれている。

前の「春過ぎて」の御製とはちがって、天皇のふだんのご生活、その中の女らしいお心のうちを、かような内容のかような曲折あるしらべで歌われたところに、また別種のおもむきある歌がらを感じて天皇の歌才の豊かさに嘆息するのである。なおそくざに答え奉った志斐嫗も、さすがに才たけた女だけに、かるくやり返していてほほえましい。

否《いな》といへど語《かた》れ語《かた》れと詔《の》らせこそ志斐《しひ》いは奏《まを》せ強語《しひがたり》と詔《の》る(同二三七)

*

戦死《せんし》せる人《ひと》の馴《な》らしし斑鳩《いかるが》の声《こゑ》鳴《な》く村《むら》に吾《われ》は住《す》みつく(歌集・山下水《やましたみず》)

土《つち》屋《や》文《ぶん》明《めい》

「斑鳩」は今はヤマバトぐらいに解しておく。「人の馴らしし」は飼いならしたということであろうが、これも勝手な解釈をして「手なずけた」というぐらいにしておく。そうでないと鳥かごの中に飼われている斑鳩が鳴いているようで、歌がら小さくなるからだ。戦死した青年は、善良な人がらだったのだろう。その村の森や林に遊びにくるヤマバトを可愛がって撃《う》つなと人びとをいましめていた。みずからは餌などもまいて手なずけることに努力したのだろう。そのかいあって季節になると毎年その鳥がやって来て呼ぶように鳴くが、その青年は永遠に帰って来ない。食べられるものなら何でも食べた食糧難の戦中戦後だ。ゆかりを求めてかろうじて住みついた山村に、かく無心なる斑鳩の鳴く声を聞いて感慨にたえられなかった。

昭和二十年五月、青山一帯が爆撃された時、アララギ発行所とともに文明の家も焼夷弾に焼けた。それからまもなく群馬県吾妻郡の故郷に近い原町川戸に疎開して終戦を迎えた。この歌集『山下水』は、疎開の日からはじまって翌二十一年の末までで終わっているが、これは「川戸雑詠」と題する中の一首で、歌集全体が川戸雑詠であるといってもよいほどに山峡僻地での国破れて山河残る自然や、人生のさまざまを丹念かつ克明に歌っておびただしい数にのぼる、それら全部の作の序歌の役をなすかのごとく、まことに思いが深い。

結句「吾は住みつく」は、そっけなく、無愛想なようにも感じられるが、ムダをいわず、よけいな語をはぶくという、文明としてはこれがぎりぎりだ。時には過ぎて詰屈《きつくつ》感をもたらす場合がないではなかった。いやしばしばあったと思われるけれど、この『山下水』ごろになるとそれが次第にかげをひそめる。かげをひそめたのでなく、目立たなくなったというのが本当で、これは文明がその自身の文明調をようやく大きく完成せしめて行ったことを物語る。

文明は伊藤左千夫門下ではたれよりも年下の後輩であった。先輩には赤彦、茂吉、憲吉、千樫その他大勢いるが、気がかりなのは赤彦と茂吉である。何とかしなければ二人の下敷きになって一生うだつがあがらない。それが文明の悩みであった。赤彦でもない、茂吉でもない新風を樹立しようとしてあえて彼らの逆を行ったり、また持ち前の荒魂《あらたま》と和魂《にぎたま》を出しすぎて撞着《どうちゃく》する場合もあった。かつて私が、あたかも丸太ん棒を振りあげて犬ころをたたきふせているみたいだ、とその歌を評したことがあるが、そういう時期がたしかにあった。しかし『山下水』あたりになると、そういうものを一切ふくめて完全に自家薬籠中のものにした感がある。茂吉なきあと、いなその前から茂吉にかわって文明は全アララギを指揮統率する責任者の立場にあり、その新風はアララギだけでなく、歌界にもひろく行きわたっている。しかしそれは文明の外がわをなぞった形だけのものが多いから、歌壇外より短歌の乱れをいうもとになったりしている。

風《かぜ》なぎて谷《たに》にゆふべの霞《かすみ》あり月《つき》をむかふる泉々《いづみいづみ》のこゑ（同）

土屋文明

疎開地での生活も年を越したのであろう。長く苦しかった冬がようやく過ぎて、春がくるらしい気配である。それにきょうは風もおさまって何となくあたたかそうだ。久しぶりに散歩でもしようと谷の方へ歩いて来た。いつも来なれた谷あいの道だが、すでに日が暮れかけていちめんにぼうと霞んでいる。目を疑うようなひとときである。するとあちこちで谷水の鳴るのがきこえ出した。まるできそっているかのような水音である。それは今宵の満月をむかえるよろこびの声なのだ。と作者の心境をその情景に託してあますなく歌いえている。「谷にゆふべの霞あり」などは文明が苦心して作り出したしらべだし、下句の「月をむかふる泉々のこゑ」のごときは、たとい擬人法によっているとはいえ、少しも俗ではない。写実に徹したあげくはじめて手にしえた自在である。老境といったのでは失礼になるかもしれないが、人生の幾山河を越えて来た人が、日本の最も不幸な日にあってさえも、なお生くる希望を失わなかった。これはよろこびの歌なのだ。涙をさそうよろこびの歌である。これと前後して次のような佳作がある。よく読んで心しずかに味わいたい。

走井《はしりゐ》に小石《こいし》を並《なら》べ流《なが》れ道《みち》を移《うつ》すことなども一日《いちにち》のうち

にんじんは明日《あす》蒔《ま》けばよし帰《かへ》らむよ東一華《あづまいちげ》の花《はな》も閉《と》ざしぬ

あかねさす紫《むらさき》野行《ぬゆ》き標野《しめぬ》行《ゆ》き野守《ぬもり》は見《み》ずや君《きみ》が袖振《そでふ》る（万葉集巻一・二〇）
額《ぬか》田《たの》王《おおきみ》

＊

天智天皇の七年五月五日、近江の蒲生野《がもうの》に「遊猟《みかり》」せられた時、額田王が皇太弟である大《おお》海人皇子《あまのみこ》におくられた歌である。「あかねさす」は枕詞で「紫」にかかる。そのころの紫色は今の紫色ではない。いくぶん赤味がかった、つまり茜色《あかねいろ》に近かったといわれる。「紫野」は地名でなく、紫草の生《は》えている野をいうらしい。が、私は注釈書にたよらず初めてこの歌を読んだ時、「紫野」は紫の花の咲いている野かと思った。紫色の花のいっぱい咲いている野を想像して、何ともいえない美しい歌だと思っていたのだ。ところがこれは紫草という野草の生えている野であることは、この歌に答えられた大海人皇子の歌の「紫草《むらさき》の」でわかった。けれども額田王が「紫野行き」と歌ったから、それを受けて「紫草の」と調子を合わされたのかもわからない。紫草は根から染料をとるので、栽培されたこともあるそうだが、いま奈良の萬葉植物園に咲いているのを見ると、目立たぬ小さい白い花をつけただけの野草にすぎない。だから土屋文明は「単に紫色の花の咲き乱れている野とも考えられる」といって、紫草にそれほどこだわっていない。私は賛成である。「標野」は、一般にみだりに立ち入らせないための、たとえば神社などで神域に注連縄《しめなわ》を張ったりしていると同じように、ここは宮廷用の猟場として特別に指定せられていたのだろう。「野守」はそこを見張っている守衛ぐらいであろうか。「袖振る」はその時分の恋愛感情などを示す動作のようだ。万葉集中他にもしばしば歌われている。

一首の意は、「かがやくばかり美しい紫野を行き、標野を行きながら、そんなにあなたが袖をふられたのでは、野守が見るじゃありませんか」とあたりを気にして軽くたしなめている。紫野と標野とは別々ではないが、修辞の上からこうして句をたたみ、また四句と五句を置きかえて声調をととのえた。「野守は見ずや」はきつくいっているみたいだが、声を殺して相手にだけ聞こえるようにささやいている感じである。しきりに周囲を心配しながら、なおかつ甘えている口ぶりで、ただの間でないことを思わせる。額田王はこのころは天智天皇に仕えているものの、それより前に大海人皇子との中に十市皇女《とおちのひめみこ》をもうけた間柄である。天智天皇の寵をこうむる身とはいえ、彼女の心はまだ皇子から去ってはおらず、皇子の心もまた彼女から離れていなかった。それがわかるので、野守は暗に天智天皇その他側近の人びとを指すのだともいわれたりするが、ここはやはり野守と解する方がよいようである。甘美な媚態をふくむ複雑な内容の歌であるにかかわらず、いささかも遅滞しない。よく単純化してふくらみある明朗のしらべをなしている。

紫草《むらさき》のにほへる妹《いも》を憎《にく》くあらば人嬬《ひとづま》ゆゑにわれ恋《こ》ひめやも（同二一）

大海人皇子《おおあまのみこ》

前の歌に大海人皇子（後に天武天皇）の答えられた歌である。「紫の色のにおうように美しいあなたをもし憎いと思うならば、他人の妻であるあなたにこれほどまでに恋いこがれようや」とあぶないことはよく承知しているといった口ぶりである。「あかねさす紫野行き」に対してそくざに「紫草のにほへる」と受けた皇子の歌才はもとよりながら、相手の美しさを巧みにほめ上げて、女ごころを大きく受け入れ、からかうがごとく、からかわざるがごとく、落ちついたゆとりを見せているのはさすがに大したものだ。額田王の歌よりは直接的で、いっそう強い感じを受ける。この贈答歌はどういう形式でなされたのか知るべくもないが、なお「遊猟」宴席においてなされたとも考えられる。どこか遊びの口ぶりが感ぜられるからだ。

この時の「遊猟」は「薬猟《くすりがり》」で、男はシカの袋角《ふくろづの》を、女は薬草をとる。推古十九年五月五日、大和の菟田野《うたの》にはじめられたのが行事化した。日本紀にくわしいが、まことにはなやかな行事であったらしい。成年戒、成女戒の意味もあり、それからしてわが国五月五日男子の節句の起こりはここまでさかのぼるといわれもする。この日、天智天皇は近江の都から、すぐ近くの蒲生野《がもうの》に皇太子をはじめ諸王および内臣、群臣のことごとくをひきいて遊猟に出かけられた。その時のこれは贈答歌だが、蒲生野は現在滋賀県に蒲生郡があり、そこに蒲生町や蒲生堂、および蒲生野という字もある。八日市市に近いが、佐久良川を合わせる日野川両岸の地であろうか。今は名神高速道路が走っており、近くに鏡王女、額田王姉妹の出所ともいわれる鏡山があり、反対の方向には聖徳太子に関係ある阿育王《あしよかおう》山石塔寺があり、有名な三重石塔と万余の小石仏が見られる。

＊

身《み》はすでに私《わたくし》ならずとおもひつつ涙《なみだ》おちたりまさに愛《かな》しく(歌集・林泉集)

中村《なかむら》憲吉《けんきち》

自分のからだはもはや自分ひとりのものでない。いっしょに生きて行かねばならぬ妻があるのだ。そう思うと人生愛惜の念《おも》いたえがたく、不覚にも涙を落としたというのである。歌集『林泉集』の終りの方にある「磯の光」と題する一から五にわたる三十四首の連作冒頭《ぼうとう》の一首。

もの思《おも》ひおもひ敢《あ》へなく現《うつつ》なり磯岩《いそいは》かげのうしほの光《ひかり》

岩《いは》かげのひかる潮《しほ》より風《かぜ》は吹《ふ》き幽《かす》かに聞《き》けば新妻《にひづま》のこゑ

というふうに、結婚してそのあと、妻といっしょに母をもともなって瀬戸の海岸へ遊びに行った時の作である。その幸福感は「もの思ひおもひ敢《あ》へなく」の歌のとおり、まさに「現《うつつ》なり」であり、「磯岩かげのうしほの光」のようにみちみちている。けれど結婚は人生の一大事だ。この厳粛なる事実を前にして、過去をかえりみ、未来に思いをはせつつ複雑な感懐にとらわれているようだ。「身はすでに私ならず」というような思いは、人生的責務を重んじるものでないと出てこない言葉だが、さすれば「涙おちたり」は幸福の絶頂にあって流した歓喜の涙だけではない。半ばは悔恨に似た涙も流していたにちがいないのではないか。それは同じ一連の中に次のような歌があることによって了解できる。

来《こ》しかたの悔《くや》しさ思《も》へば昼磯《ひるいそ》になみだ流《なが》れて居《ゐ》たりけるかも
こし方《かた》の悔《くや》しさおほし低頭《ていづ》してなみだ流《なが》すも慰《なぐさ》めと思《おも》へ

憲吉は大正四年二十七歳、東大の経済科を出ると帰郷して結婚したのだから、この二つの「悔しさ」の歌は、東京における学生生活をいっているのだということはほぼ察しがつく。それがどんなふうであったかは臆測のかぎりでないが、なお当時の退廃的な思潮の中にあって種種さまざまの影響を受けたにちがいない、その都会生活を反省しているのであろう。この二つの歌の「悔しさ」が歓喜の涙といっしょに流れたのである。だからその感情は「悲しく」の文字を当てるにしのびず、あえて「愛しく」と表記するほかなかった。歓喜と悔恨の念の相交錯する切実の叙情で、若き日の憲吉の代表作である。

梅雨《つゆ》ぐもりふかく続《つづ》けり山《やま》かひに昨日《きのふ》も今日《けふ》もひとつ河音《かはおと》（歌集・しがらみ）

中村憲吉

わかりやすい歌で、解釈するほどのこともないが、歌そのものはけっしてなまやさしいものではない。深い梅雨ぐもりの日がつづいていて、もういく日となくぐるりの山も見えない。ただでさえ退屈でやりきれないのに、変わりないのは毎日同じ河音だと、その山村の生活をもてあましている。「ふかく続けり」の二句切れに対して、「ひとつ河音」の結句は、そのいかにもたいぎそうな毎日を「昨日も今日も」と詠歎して、なるほどと思わせるように名詞でとめた。うまいだけでなく、いのちがこもっていて、動きのない地味な山村生活のうっとうしさをため息まじりにつたえてくれる。自分を、環境を、自然をよく凝視しているので、純化された深密感に心うるおう思いをする。

土間《どま》のうへに燕《つばめ》くだれり梅雨《つゆ》ぐもり用《よう》もちて今日《けふ》は人《ひと》の来《きた》らず

わすれたる昼餉《ひるげ》にたちぬ部屋《へや》ごとに暗《くら》くさみしき畳《たたみ》のしめり

これらは結婚して、上京し、新居を構えたものの就職口が見つからず、呼びもどされて家業の酒造業に従いだした大正六年ごろの歌だが、それが九年ごろになるとこの歌のような境地にまで到達した。郷里は広島県の奥地で、中国山脈中の寒村である。歌集名『しがらみ』は、水の流れを塞《せ》くために杭《くい》を打ち、竹や木を横にからみつけたものなどをいうが、郷里における憲吉の心境を物語るようだ。先の『林泉集』の歌と大いにちがうゆえんだが、大正十年末ようやく大阪毎日新聞に入社することができて出郷する。それからはまた歌が少し変わるのである。

＊

うちしめりあやめぞかをる郭公《ほととぎす》鳴《な》くや五月《さつき》の雨《あめ》の夕《ゆふ》ぐれ（新古今集）

藤《ふじ》原《わらの》良《よし》経《つね》

ホトトギスの鳴いている五月の雨の降る夕ぐれごろだ。どこからともなく、しっとりとしたアヤメの花のにおいがしてくる。というような意味であろう。が、こう解釈したのでは元も子もなくなる。歌そのものをくり返し読み味わうことによって、このしずかな歌の気分にひたるほかないだろう。これを読むとだれでもすぐ思いおこすのは、次の歌だ。

ほととぎす鳴《な》くや五月《さつき》のあやめぐさあやめも知《し》らぬ恋《こひ》もするかな（古今集）

巻第十一の巻頭歌、題しらず、読み人しらずの恋の歌だが、これが本歌となっているのはいうまでもない。この古今集の歌は口ざわりがよいから一度読んだらだれでもおぼえるし、歌のよしあしを考えるいとまもなく、なんとなくよい歌のように思いこんでしまう。そういうたぐいの歌だが、それがまた古今集の歌のひとつの特徴でもあり、それをよしとして隠微《いんび》のうちにそれぞれが互いにあい競っていたというようなこともある。そうした歌の「あやめ」と「ほととぎす鳴くや五月の」上一、二句をそのまま借りてきた。完全な本歌取りの歌にちがいないから、人びとはこの歌をあまりよくいわないようだけれど、本歌取りがいけないということになると新古今集の価値があやうくなるくらいのものだ。だれでもがみなそれをしている。少なくともひとつふたつはそれをしているので、それを現代の考え方でまねだ、模倣だなどといったのでは大まちがいがおきる。新古今集時代の歌心というものは、はなはだ微妙だから、現代の心で割りきったのでは、見当はずれになることが多い。万葉集の歌なら荒っぽい心にもある程度はわかる。けれど、新古今集となると、そうはゆかない。あまりにも心理的で、それが極度の調和を考えるからだ。それが現代人の心にあわない。わからなくなってしまったのだ。現代の不幸である。

五月の雨だから「うちしめり」である。そうして「あやめぞかをる」と二句でちょっと休止し、かすかににおうともなきアヤメの花の香にききいっているようすを示し、次の本歌の「ほととぎす鳴くや五月の」を借りてきて三、四句にすえた。これは結句の「雨の夕ぐれ」をいうための序詞であり、序詞ではなくとも「ほととぎす鳴くや」は「五月」の枕詞みたいな役割りをはたすもので、この時ホトトギスが実際に鳴いたかどうかは問題でない。ホトトギスは言葉だけと考える方がよいが、鳴いたと思うなら、そう受け取ってもさしつかえない。釈迢空は「ほんとうに優美」な歌として、この歌を激賞していたが、本歌をもつのはにも歌だけに限らない。こうした歌心を知ればこそ芭蕉も作っていたではないか。

ほととぎす鳴《な》くや五尺《ごしやく》のあやめぐさ

幾夜《いくよ》われ浪《なみ》にしをれて貴船川《きぶねがは》袖《そで》に玉《たま》散《ち》るもの思《おも》ふらむ（同）

藤原良経

「浪にしをれて」は波にひどく濡れしおれてで、「貴船川」は洛北の貴船明神、濡れてきたことを貴船川にかけている。また貴船の船から縁語として「浪にしをれて」といって、その水しぶきの飛び散るのを「袖に玉散る」と袖に涙の落ちるのにかけた。貴船明神に恋がかなうようにと祈願して、毎夜貴船川に添っておまいりするけれど、いまだに霊験があらわれないので、袖を涙で濡らしてなげいている、というのである。想句ともに凝りに凝った、これ以上はよくかなわぬと思われるぎりぎりのところまできている刻苦彫琢《こつくちようたく》の作である。こういう歌はおうおう力まけをしがちだが、さすがは当代有数の詠み手だけあって、内に詩情が充実している。切迫した感情があらわでなしに、品高く優美に、しかも流麗の調べ、よく朗吟にもたえうる。萩原朔太郎はこれをもって名歌絶唱並びなき作と推奨したが、歌人や学者のなかからそれを聞かないのは残念である。なおこの歌にも本歌があった。

奥山《おくやま》にたぎりて落《お》つる滝《たき》つ瀬《せ》の玉《たま》ちるばかり物《もの》な思《おも》ひそ（後拾遺集）

この歌は和泉式部が貴船にまいって、

物思《ものおも》へば沢《さは》の螢《ほたる》も我身《わがみ》よりあくがれ出《い》づる玉《たま》かとぞみる（同）

と歌ったのに対する貴船明神の「御かへし」の歌で、式部が男の声で聞こえたといい伝えられる歌である。それをふまえて作ったのだから、良経も上手をつくして力の限り歌いあげたのであろう。

六月

東海《とうかい》の小島《こじま》の磯《いそ》の白砂《しらすな》にわれ泣《な》きぬれて蟹《かに》とたはむる（歌集・一握の砂）

石《いし》川《かわ》啄《たく》木《ぼく》

明治四十三年十二月刊行の歌集『一握の砂』の巻頭歌。有名な歌であるから知らぬ人とてなかろうけれど、函館市外の立待岬《たちまちみさき》にある墓碑に刻まれている。その「東海の小島の磯」は函館付近の海を心に置いて作ったのだろう、というのが定説になったからである。これに反対しようとは思わぬし、それであって少しもさしつかえはないのだけれど、なおそこで作った歌だときめつけてしまうことに異存がある。啄木自身は何もいってはいないのだし、いってないからこそかえって自由に読者はその「東海」を、「小島の磯」を思いえがいて、存分に歌の心にはいりうるのだから、よけいな穿鑿《せんさく》はせぬことだ。啄木の真意にそむくなかれと注意を促したいが、中にはおうおう行きすぎがある。何でもないことに深い意味や事件の存在を考えたりして、純粋な鑑賞のさまたげをする。とくに啄木研究者と見られる人の中に多いが、心すべきではなかろうか。

一首の意は明らかである。「東海の小島の磯べの寄せては返す波うちぎわの白砂の上に、自分は涙に泣きぬれながらこのようなカニと遊びたわむれている」と、たわいないしぐさを正直にいい放ってひとり嘆きをしているのである。人はそれに心をひかれるので「蟹とたはむる」など児戯に類する、まして「われ泣きぬれて」などもってのほかだ、いたずらなる感傷にすぎぬという人すらが、さりげなきふうをよそおいながら心ひそかに愛誦している。表に出していわなくとも、心のくずおれた時など、大の男といえども何をしておるかわからぬものだ。ただはばかって口にしないだけのことだが、啄木は正直なのだ。純粋なのである。思ったままにいうものだから、おうおうにして手のつけられない大きなだだっ子が〝ごんた〟(だだをこねる)をいっているようにも受けとられ、辟易させられる場合がないわけでないが、たれでも多少は同じ思いをしているものだから、やはりたやすく同感する。だから啄木の歌は甘ったるく、また感傷的にすぎるように見えても、人生に対して誠実だ。生きあえぎながら真実を求めて四苦八苦、七転八倒している。それがいいようもなくあわれであるから、いっそう心に沁みるのである。

なおこの歌がひろく愛誦せられ、しきりに朗詠せられたりするのは、今いうような意味もあるからだが、何よりも調べが明朗である、豁達《かったつ》でさえある。「東海の小島の」と大きくほがらかに打ち出したしらべは「蟹とたはむる」の終わりまでかたくもならず弱くもならず、こころよい声のひびきを立てておさまるのである。啄木の歌は、たといそれがどのように苦しくみじめな生活を歌っていても、暗い感じは少しもしない。かえって明るく、したがっていとわしい思いはしないのである。啄木の歌がひろく愛誦せられる所以の一つは、こういうところにもある。

灯影《ほかげ》なき室《しつ》に我《われ》あり父《ちち》と母《はは》壁《かべ》のなかより杖《つゑ》つきて出《い》づ（同）

石川啄木

いつのまにか日は暮れ沈んでいたが、電灯をつけるのも忘れてもの思いにふけっていた。すると暗い壁面から年老いた両親が杖をついて出てくるような気がした。いやその幻影をまざまざと見て、世にもつたなき自分を恥じて涙が流れてしかたがなかった。これは親孝行の歌として有名だが、うち消すのではないけれど、それもふくめてもっと切実な、ひろい意味の人間の悲しみを歌っているので、たれの心をも嘆かせる。前の歌にくらべると、いっそう切実である。現実生活に密着して歌われているだけに、その幻影はたれの目にも見えて来て、限りなく悲痛である。これらの歌をふくむ「我を愛する歌」百五十一首は『一握の砂』の中でももっともすぐれた歌が多いだけでなく、またその全作品の中でも圧巻たるはいうま

でもない。そうして『一握の砂』は前の歌につづく、
頬《ほ》につたふなみだのごはず一握《いちあく》の砂《すな》を示《しめ》し人《ひと》を忘《わす》れず
から来ているのはむろんだが、歌は全部三行書きになっている。今は都合上一行書きにしたけれど、一行書きにすると啄木の歌の技術の冴《さ》えがいっそうよくわかるのである。才にまかせて歌いぱなしに歌ったのではない。技術には案外に苦労している。その歌が新しいように、その技術もまたそれにともなって新しかったが、なみなみならぬ勉強をしていたのである。啄木はわずか二十七歳で世を去っている。若かったことは若かったけれど、だからといって組みしやすいなど思ってはならない。若き世代にいうのである。

*

珠藻《たまも》刈《か》る敏馬《みぬめ》を過《す》ぎて夏草《なつくさ》の野《ぬ》島《じま》が崎《さき》に船近《ふねちか》づきぬ（万葉集巻三・二五〇）
柿本人麿《かきのもとのひとまろ》

「珠藻刈る」は「敏馬」の、「夏草の」は「野島」の枕詞であるが、「夏草の」はそうでなしに実景だとする説もある。枕詞にもさまざまあって、それがその歌の意味内容に全く関係なく、修飾だけの、語と語を連絡させるだけの、しらべをととのえるだけのものなどと一概に

はいえないが、この「夏草の」のように実景説の出るほど実景に合うのもある。「珠藻刈る」は、「夏草の」ほどではないにしてもやはり実景に合うようだ。一首の中に二つも枕詞があり、しかも二つの地名が詠まれている。だから枕詞をはぶくと、敏馬を過ぎて野島の崎に船が近づいたというだけの味もそっけもない歌になる。だから鑑賞する場合は枕詞を心に思っている方がよいので、という必要もないほどに皆たれでもがそう解しているのではあるまいか。敏馬は現在神戸市灘区の大石から岩屋へかけての海岸をいうらしい。岩屋中町に式内汶売《みぬめ》神社がある。野島は淡路島の現在淡路町付近、そこにある崎だから野島が崎といったのだろう。ゆえに一首の意は、海藻を刈りとっている摂津の敏馬のへんの海を通り過ぎて、船はいよいよ夏草の生い茂っている淡路の野島の崎に近づいた、ということになる。簡単な内容の歌には相違ないが、それだけではない。二つの枕詞はかりそめにつかわれてあるのではなく、十分心得ているので、枕詞がもつことばの機能がじつにたくみに活用されてあるのに驚く。目立たないけれど、おのずから豊かな大きなしらべをなすに至った。もとより作者の主観が強くはたらいているからだが、それが結句へ来て、「船近づきぬ」と客観的にいい据えた。ごく自然な結句だが感慨がこもっていて、読者もにわかに旅情を覚えて感動する。

人麿の「羇旅《たび》の歌八首」の第二首目の歌である。これは東から西へ向かう歌であるが、西から帰ってくる歌もあって、純粋な意味の連作とはいい難い。それに同じ旅行の時の作ではないようだ。けれど八首がみな船による旅行歌で、それも神戸へんから淡路島の北部を含む加古川、高砂へんまでの海に限られている。

荒栲《あらたへ》の藤江《ふぢえ》の浦《うら》に鱸《すずき》釣《つ》る泉郎《あま》とか見《み》らむ旅行《たびゆ》くわれを（同二五二）

柿本人麿

「荒栲の」は藤にかかる枕詞。藤江の浦は現在明石市大久保町のへん、昔はそこまで海が入りこんでいたのだろう。「泉郎《あま》」はもと部族の名、「海部」でも「海人」でもよいが、漁人、漁夫と解しておきたい。スズキは夏から初秋へかけての魚だし、前の歌の「夏草」と季節もあうし、共に近くの海の歌だから、これは同じ旅行の時の歌なのだろう。第四番目に置かれてある。ことばどおりに解すると、藤江の浦でスズキを釣っている漁夫と見るであろうか、旅行く自分を、ということでこれもそっけないみたいだが、前の歌にくらべて深い旅情が感じられて、歌も一段すぐれているように思われる。それはこういうことになるのではないか。藤江の浦にはたくさん船が出入りしてスズキ釣りをしている。その中を漕ぎわけるように自分の船が進んでいく。この自分の船を知らぬ人が見たのではスズキ釣りの漁人とも見えることだろう、と心さびしい思いをしている。第三者の立場から自分を見ているので、反省というほどではないにしても、他国の海をゆく自分をふりかえり、わびしい思いをするとともに、その漁人を親しいものと考える。おそらく声をかけて挨拶でもして過ぎたのだろうが、めずらしく心のこまやかな歌である。表に出して多くをいわず、余情に託したのがこの歌のよいところ、八首中いちばんおもむきが深い。

稲日野《いなびぬ》も行《ゆ》き過《す》ぎがてに思《おも》へれば心恋《こころこほ》しき可古《かこ》の島見《しまみ》ゆ（同二五三）

留火《ともしび》の明石大門《あかしおほと》に入《い》らむ日《ひ》や榜《こ》ぎ別《わか》れなむ家《いへ》のあたり見《み》ず（同二五四）

天離《あまざか》る夷《ひな》の長路《ながぢ》ゆ恋《こ》ひ来《く》れば明石《あかし》の門《と》より倭島見《やまとしまみ》ゆ（同二五五）

飼飯《けひ》の海《うみ》の庭好《にはよ》くあらし刈薦《かりこも》の乱《みだ》れ出《い》づ見《み》ゆ海人《あま》の釣船《つりふね》（同二五六）

あとにつづく歌で、いずれもすぐれている。このうち「天離る夷」の歌は西から帰ってくることがわかる。しかし「飼飯の海の」歌をなぜこのあとへ置いてあるかがわからない。

*

紫蘭《しらん》咲《さ》いていささか紅《あか》き石《いし》の隈目《くまめ》に見《み》えて涼《すず》し夏《なつ》さりにけり（歌集・雀の卵）

北《きた》原《はら》白《はく》秋《しゅう》

紫蘭はラン科の多年生草、初夏葉心より花茎を出し、紅紫色の数花をつける。小さい花で、アヤメやショウブのようにはでではないが、そのいくぶん黄色の勝ったみどりの葉とともに、いかにも初夏らしい感じの花だ。ふと気がつくとシランの紅紫色の花が咲いていた。それがさんさんと輝く五月の午前の日に反射して、いささかながら庭石のかげもうっすらと紅みがさしているような気がしたのだ。ここがこの歌のいちばんだいじなところだが、それを「目に見えて」と受け「涼し夏さりにけり」と「き」をはぶいて「涼し」と終止形にしてあっさりと詠嘆した。この「さりにけり」は去るのではなく、ここでは来るの意、万葉集でも去る、来るの両方に使いわけている。ここでは夏が来た、夏になったことをいっている。

この歌は第三歌集『雀の卵』のうち「葛飾閑吟集《かつしかかんぎん》」の部に出ているが、白秋がここまで来るのにはさまざまの紆余曲折があった。処女詩集『邪宗門』を出したのは明治四十二年二十五歳の時、処女歌集『桐の花』を抒情歌集と銘打って出したのは大正二年二十九歳の時。詩集『邪宗門』もさることながら、それよりもさらに歌集『桐の花』が迎えられた。青春の甘美なローマンと哀感の種々相を、清新な近代的感覚をもって印象的に歌いあげた新風に人びとは瞠目した。その人気は圧倒的で、斎藤茂吉の『赤光《しやつこう》』に先行していた。

　ヒヤシンス薄紫《うすむらさき》に咲《さ》きにけりはじめて心顫《こころふる》ひそめし日《ひ》

　手《て》にとれば桐《きり》の反射《はんしや》の薄青《うすあを》き新聞紙《しんぶんし》こそ泣《な》かまほしけれ

といったたぐいの歌で、白秋自画スケッチ入りの、あの銀色を配した白い表紙の分厚い小型の変形本を、ばらばらになるまで愛読した少年の日が忘れられない。それが第二歌集『雲母《きらら》集』になるとおもむきはがらりと一変する。出たのは大正四年三十一歳の時だから、『桐の花』より一年あまりしかたっていない。三浦三崎（神奈川県）転居中の作がおおかた

だが、すでに青春の頌歌《しょうか》はない。都会的で、異国情緒にあこがれたロマンチックな象徴ふう

はもう見られない。自然の子となって赫々《かくかく》とかがやく太陽の下にみずからを解放し、歓喜し

てその種々相を歌っている。じつにはつらつたるものである。

はるばると金柑《きんかん》の木《き》にたどりつき巡《じゅんれい》礼草鞋《わらぢ》をはきかへにけり

寂《さび》しさに海《うみ》を覗《のぞ》けばあはれあはれ章魚《たこ》逃《に》げてゆく真昼《まひる》の光《ひかり》

けれども歌が軽い。たあいないところもあって、『桐の花』の新風に並ぶものではない。

が、第三歌集『雀の卵』に至って、白秋成長せりの感を深うする。『雀の卵』の出たのは大正十年三十七歳の時だけれど、「葛飾閑吟集」の生活のはじまったのは、三崎から東京へ帰り住み、そうして市川の真間に移り住むようになったのは大正五年三十二歳の時だから、この「紫蘭咲いて」の歌は、それから間もないころの作であろう。『桐の花』から『雲母集』を出し、市川に移るまでの三、四年間中にも、父や弟の事業の失敗、妻との離別、詩人としての窮乏など、さまざまの苦悩をなめて、白秋はかえって成長した。天与の質をそこなうことなく、いっそうりっぱになって行った。この「紫蘭咲いて」の歌は、それをはっきりと物語るものだ。白秋ならではのすぐれた諸特徴をあらわしながら、しかも歌におちつきが加わり、いかなる人にも愛せられる、清澄《せいちょう》のしらべをなすに至った。

昼《ひる》ながら幽《かす》かに光る螢《ほたる》一《ひと》つ孟宗《まうそう》の藪《やぶ》を出《い》でて消《き》えたり（同）

北原白秋

前の歌を作ってから二か月とたたないころの歌である。同じくたれが見てさえたちどころにわかるすぐれた歌で、また同じく感覚的、敏感にその情景をとらえているものの、それがあまり目立たないのは、さすがである。目立ちすぎては情感を殺《そ》ぐ。あえていぶしをかけているように見えるのは用意あってのことなのだ。この時分の白秋の生活は貧の底をついている。そういう生活苦がそれとなく作用していないとはいわないまでも、白秋はあれで心づかいのまことにこまかい人だった。いつか物語るおりもあろうが、心にくきばかりそれがこの歌の中にも感じられる。文句なしにともに白秋壮年期の秀歌である。

＊

古《いにしへ》に恋《こ》ふる鳥《とり》かも弓紘葉《ゆづるは》の御井《みゐ》の上《うへ》より鳴《な》きわたり行《ゆ》く（万葉集巻二・一一一）

弓削皇子《ゆげのみこ》

持統天皇の吉野行幸に従駕した弓削皇子が、京（明日香か藤原）にとどまっていた額田王

に贈った歌である。これに対して額田王は、

古《いにしへ》に恋《こ》ふらむ鳥《とり》は霍公鳥《ほととぎす》けだしや鳴《な》きしわが恋《こ》ふる如《ごと》（同一一二）

と和して答えているから、この鳥はホトトギスであることがわかる。持統天皇の吉野行幸は三十二回にも及ぶが、いつの行幸の時の歌かわからない。ホトトギスを詠んでいるので季節は夏だ。持統四年か五年ごろであろうといわれている。

ホトトギスは昔のことを思って鳴く鳥だといわれる。中国の伝説では蜀《しょく》の望帝の魂魄化《こんぱくか》してこの鳥になったというので、蜀魂、蜀魄の文字を当てたりする。この歌はこの故事を踏まえているようだ。「弓絃葉」は、今のユズリハで、新年の儀に注連縄《しめなわ》などにつけるあの交譲《ゆずり》木《は》である。「弓絃葉の御井」は固有名詞のような感じがする。その井のほとりに老樹のユズリハがあったので、そう呼びなしていたのだろう。吉野川沿いであるから井はむろん走井《はしりい》で、清水の流れ出る泉であろう。現在吉野にはそれをいう二、三か所があるが、いずれも大正中期ごろからいい出したので、伝承地というほどではない。たれかが思いつきや当てずっぽうにいい出したのが、いつのまにかほんもののようになっているのがある。おかしいと思ってもたれも当時を知っているわけでないから、そのまま通用しているのもあるが、正直にいうと吉野はよくわからないのだ。その中で信用できるのは沢瀉久孝《おもだかひさたか》博士と土屋文明ぐらいであろうか。ふたりとも何回か足を運ばれている。二、三日車で走り回ってわかったようなことをいっているのと話がちがうのである。

一首の意は、「昔のことを恋いしとうている鳥なのであろうか、そのホトトギスが今ユズリハの井の上を鳴きながら飛んで行くよ」というので、それがどういう意味をこめて歌われたかを知らなくても、このままでよくわかるだけでなく、すがすがしい感じの調べの妙味じつにいうべからざるほどのものである。この下の句のおのずからなる、写実などを超越して自然と人間とがまことに一如に帰したがごとき息づかいである。はじめから意味を含ませようとしたのではない。その情景を見て昔のことを思い出したのだ。弓削皇子は天武天皇の第六皇子、この時の皇子はまだ三十にならぬ青年だが、額田王は六十を越えている。額田王はかつて天武天皇の寵を受けたが、壬申《じんしん》の乱後は再び天皇の近くにあると思われるから、皇子にすれば額田王はよきおばさまのように思われて親しくしていたのだろう。その二人が天武天皇時代を恋いしたうのは当然である。だから「古に恋ふる鳥かも」の一、二句にこめられた思いは深く、それに答えた額田王の歌は皇子のよりは幾分調べは低いようだが、やはり自然な感情がよく出ていると思われる。

滝《たき》の上《うへ》の三船《みふね》の山《やま》に居《ゐ》る雲《くも》の常《つね》にあらむとわが思《おも》はなくに（同巻三・二四二）

弓　削　皇　子

同じ弓削皇子が「吉野に遊《いでま》しし時」の歌だが、前の時と同じかどうかはわからない。多分ちがうのであろう。「滝の上」は滝のほとり、または急流のほとりという意味にとられているが、文字通り滝の上、または急流の上と頭に感じとってよい。吉野の宮滝の地の、吉野川をへだててすぐ南すこし東にそびえる山が現在三船山といわれている。はたして昔のままかどうかはよくわからない。

滝の上の三船の山にはいつも雲がかかっている。あの雲のように変わることなくいつまでもこの世にある命とは思われない、と人の世をはかなんでいる。中世のいわゆる「無常感」とは違うけれど、しかしこれはやはり人間共通の無常感を歌っているので、それをいうのに山にかかっている雲である。漠々《ばくばく》とはしているけれど、また大いなる感慨である。飽《あ》きることなく、いつまでも鑑賞にたえうる歌である。これに対して春日王《かすがのおほきみ》は次のように和している。

王《おほきみ》は千歳《ちとせ》にまさむ白雲《しらくも》も三船《みふね》の山《やま》に絶《た》ゆる日《ひ》あらめや（同二四三）

弓削皇子は文武天皇三年七月に薨《こう》ぜられている。

*

河上《かはのへ》の五百箇磐群《ゆついはむら》に草《くさ》むさず常《つね》にもがもな常処女《とこをとめ》にて（万葉集巻一・二二）

吹《ふ》黄《きの》刀《と》自《じ》

「河上」は「カハカミ」とも訓《よ》む。どちらでもよいが、私は「カハノヘ」の方が好きだ。川のほとりの意である。「五百箇磐群」はたくさんの岩のむらがりと解してよいが、「ゆづ」に「斎《いは》ふ」の意があり、霊魂をもっているような巨石巨岩をいう。「草むさず」は草がはえないこと。「常にもがもな」は常に変わりなくあってほしいなあ、という願望に感動をこめている。「常処女」はいつまでも変わらない可愛い少女という意味で、いまでいう「永遠の処女」などとは違っている。じつによい語で、私の愛惜する古語の一つである。「草むさず」までは「常に」というまでの序歌だが、一首の意は、河のほとりにむらがっている霊ある巨岩に草などのはえないように、いついつまでも変わることのない美しい処女であってほしいものです、ということになる。

天武天皇の四年春二月、十市皇女《とおちのひめみこ》が伊勢神宮に参拝せられた時、皇女に従って行った吹黄刀自が、波多《はた》の横山《よこやま》の巌《いわお》を見て詠んだ歌である。波多の横山は三重県一志郡一志町から嬉野町にわたる雲出《くもず》川沿岸の地といわれている。戦後間もないころ土地の人に誘われてたずねてみたが、いずこが波多か横山の地かは知りがたかった。吹黄刀自はほかにも歌はあるがいかなる人かわかっていない。けれど刀自はかねてより十市皇女にふかく同情していたようだ。それで横山の霊ある岩を見て、いつまでも若く美しい処女であっていただきたいと祈ったのだ。単純といえば単純だが、その願いが一本に通っていてこころよい調べをなしている。しかしこの歌はどこか悲しみに似たせつない思いをつたえてくる。「処女」といっているけれど、この時の皇女は処女などではなく、まことにお気の毒な立場におられた。

十市皇女は前にもいったように大海人皇子（天武天皇）と額田王との間に生まれた皇女で、大友皇子（弘文天皇）の妃となられていたが、天皇崩御の壬申の乱後は、明日香の天武天皇の宮に、天皇との間に生まれられた葛野王をともなって帰っておられる。だからそうした皇女を「処女」というのはあたらないけれど、まだ年もお若いのだし、お心をひきたてるべく、さびしいご境遇に同情して、あえて「処女」と申し上げたのであろう。なおこの時は阿閉《あべ》皇女（草壁皇子の妃で文武天皇の母、文武崩御後即位して元明天皇）とごいっしょであったことがしるされている。皇女は薄命で、それから三年後の天武七年夏、天皇が伊勢斎宮に行幸せられようとする時、急に病を発して薨《こう》ぜられた。ために行幸は中止されたとある。

うつせみの命《いのち》を惜しみ波《なみ》に濡《ぬ》れ伊良虞《いらご》の島《しま》の玉藻《たまも》苅《か》り食《を》す（同二四）

麻《お》続《み》王《おおきみ》

壬申の乱がおさまって、天武天皇の治政がはじまった。平和は回復したけれど、余燼《よじん》はまったく消えたのではなかった。事件というほどではないにしても当麻広麿《たえまのひろまろ》や久努麿《くぬまろ》が朝廷出仕を禁じられたり、麻続王や屋垣王《やがきのおおきみ》や杙田名倉《くいだのなくら》が配流《はいる》されたり、また皇族から追い落とされる人もあった。麻続王はいかなる罪に問われたか、それもわからないし、伝も未詳だが、世人は王をあわれに思って次のように歌った。

打《う》ち麻《そ》を麻続王《おみのおほぎみ》海人《あま》なれや伊良虞《いらご》の島《しま》の玉藻《たまも》苅《か》ります（同二三）

麻続王は海人なのだろうか、海人でもないのに伊良虞の島の海藻を苅っていらっしゃる、というのである。これを聞いた王は悲しんで、この世に生きる命を惜しいと思えばこそ波にぬれて伊良虞の島の海藻を苅って食べているのだよと答えられた。悲傷をいう語は一つもないが、「命を惜しみ波に濡れ」あたりは切実であわれが深い。伊良虞の島は渥美半島先端の伊良湖崎だといわれるが、さすれば伊勢から海をひとまたぎだから、伊勢の伊良虞といったのだろう。また王の流されたところは日本書紀と万葉集とでは違っているが、この歌を味わうのには関係がない。

*

真帆《まほ》ひきてよせ来《く》る舟《ふね》に月照《つきて》れり楽《たの》しくぞあらむその舟人《ふなひと》は（歌集・天降言《あもりごと》）

田《た》安《やす》宗《むね》武《たけ》

「真帆ひきて」の「真帆」は、順風に正しく掛けた帆のこと。「ひきて」はその帆の風をはらんでふくらんでいること。「よせ来る」はこちらの方へ近づいてくることで、それが大きい帆であることを、それとなく「よせ」のうちにふくませている。これは漁船を歌ったので、一日のりょうを終わった漁夫たちが、たくさんの魚を舟に積みこんで、順風に帆かけて月夜の海を帰ってくる、さぞ愉快であろうな、その漁夫たちは、とその舟を迎え見ているのである。きらきらと月に照る波、大きくひろげたまっ白い帆、おのずから漁夫たちのうたごえも聞こえるかと思うほどに、これは巧みに情景をとらえていて目に彷彿とする。ちょっと万葉の秀歌を見るような感じだが、この「月照れり」と三句で切った上句を受ける「楽しくぞあらむその舟人は」の下句の調べがじつによい。四、五句を置きかえてなんとなく悠揚迫らぬといった感がある。同時にその楽しそうな漁夫たちをうらやましがっているようなおもむきも感じられる。気楽な庶民生活を羨望するに似た感をうける。

宗武は、徳川八代将軍吉宗の第二子で、田安家にはいった。かの松平定信の父である。古今の学問に通じ、音楽や儀礼のことにくわしく、その方の著書もある。歌や学問ははじめのうちは京都の国学者荷田春満《かだのあずままろ》の養子の在満《ありまろ》を招《よ》んで学んでいたが、後に賀茂真淵《かものまぶち》を聘《へい》するに及んで、その歌ふうが次第に万葉調に転じる。しかし『天降言』を見ると、あながちにそうもいえないところもあり、万葉ふうというのか宗武ふうというのか、とにかくはじめから宗武独自のふうがあり、それはその時代の多くの古今・新古今ふうの諸歌人の中では、やはり目に立つ歌ふうであったが、それが真淵に就くようになっていっそう顕著になり、万葉ふうの宗武調が完成して行くのである。

この歌はそういう宗武の歌ふうを示す代表作の一つだが、これと同じ時の作ではないけれど同じりょうの歌に次のようなのがある。

君《きみ》がため漁《すなどり》せむと漕《こ》ぎ行《ゆ》けば万代橋《よろづよばし》の松《まつ》ぞ見《み》えぬる

万代橋といい松といい、これは「君」すなわち将軍を祝う心をこめている。またこれは同じ時の作ではないが、

鰭《はた》の狭物《さもの》さはに獲《え》られよ大君《おほきみ》のおほ饌《け》にあへむ今日《けふ》の漁《すなどり》

「鰭の狭物」は小魚のこと、それをたくさんとって将軍にご馳走しようというだけの歌だが、ともに万葉調のいわゆる真淵の「やむごとなき御前《ごぜん》」の風格のしのばれる、朗々のひびきをもつ佳作である。

我宿《わがやど》の杜《もり》の木《き》の間《ま》に百千鳥《ももちどり》来なく春《はる》べは心《こころ》のどけき（同）

田安宗武

モモの花をいっていないけれど、むろん咲いているので、だから百千鳥がくる。百千鳥はたくさんの小鳥というぐらいで、その語にこだわらなくてよい。美化していったのである。これと同じような歌は無数にある。が、この一首ほどすぐれた歌はついぞ見なかったような

気がする。淳朴な語をえらんで、全体をふっくらと歌いあげた、やさしい心の品高い歌で飽きることがない。万葉調を体得しているのはいうまでもないが、表はほのぼのとした顔つきをしていても、なお歌は人格の表現だとの理想主義的な考えを持っていた人だけに、裏がわは手ごわい。それがこの歌に感じられる。あえて感じる必要はないが、それがあるからこそこの歌は大きく、堂々としているのである。すでに師の真淵をいくばくか追い越している。このことはかの源実朝が藤原定家から万葉を学んだのと、事情が似ていておもしろい。どちらも師を追い越すだけでなく、その時代の一般歌ふうに似ざる、それは異端者とも見られる万葉調を学びとって、独自の道を進んだ、すぐれた万葉調歌人の二人であるが、いろいろと考えさせられることが多い。真淵は万葉調をいいはしたが、その歌は、いうほどのものではなく、だいたいが低調で、宗武には遠く及ぶべくもなかった。

*

生《うま》れては死《し》ぬことわりを示《しめ》すてふ沙羅《しやら》の木《き》の花《はな》うつくしきかも（愚庵全集）

天《あま》田《だ》愚《ぐ》庵《あん》

「沙羅雙樹花開」と題する三首中のはじめの歌。あとの二つは

美《うつく》しき沙羅《しやら》の木《き》の花朝咲《はなあささ》きてその夕《ゆふ》べには散《ち》りにけるかも

朝咲《あささ》きて夕《ゆふ》べには散《ち》る沙羅《しやら》の木《き》の花《はな》のさかりを見《み》れば悲《かな》しも

いずれも佳作で優劣はないが、なお心ふかきはじめの歌をこそよしとするのである。生《せい》あるものはかならず滅《めつ》する。わかりきったことわりを、わかりやすい言葉で歌っている。たんたんとしてこだわりがなく、苦吟したような形跡もまったくないのに、「花のさかりを見れば悲しも」と読み終わるころには白い沙羅の花が見えてくるとともに、心のうちが切なくなる。身につまされる思いがして涙ぐましくなるのである。明治三十一年愚庵四十五歳、京都清水産寧坂の草庵にいるころの作だ。仏門に入り、林丘寺滴水禅師の得度を受けてから十二、三年ぐらいたっている。

この沙羅の花を愚庵はどこで見たか、多分比叡山であろうと思うが、大徳寺にもあり青蓮院にもあり、天智の山科陵にもある。六月下旬から七月上旬にかけて開花する。この愚庵の歌に心ひかれてか赤彦も茂吉もわざわざ比叡にまで来てその花を歌っている。同じようにはかない花よ、無常の花よと歌ったけれど、いずれも愚庵の歌を模するにとどまって、それ以上には出なかったようだ。

それにしても平家物語さわりの「祇園精舎《ぎをんしやうじや》の鐘《かね》の声、諸行無常《しよぎやうむじやう》の響あり、沙羅雙樹の花の色、盛者必衰のことわりをあらはす」云々は名文句で、たれの心にも沁みついている。けれどもその沙羅は、釈迦の国の沙羅ではあっても、日本の沙羅とはまったく別種の木である。

日本の沙羅は三種類あって、関西では大和の大台ケ原山にたくさんある。大木でこれから白い花をいっぱい咲かせる。じつにみごとだが、はかない花にはちがいない。朝咲いてその夕ぐれに散るのでないが、一夜明くればかならず散り落ちている。平地にはめったに見かけない。インドの沙羅は、これもベールを脱がせばただの木だ。涅槃経《ねはんきよう》の伝える神秘性はいっぺんに消え去る。日本のスギやヒノキと同じように建築用材としてかかすことのできない、大切だがきわめてありふれた木だそうである。最近はビルマあたりから盛んに輸入せられ、団地などアパートづくりにもつかわれているという。これぞ知らぬが仏というもの、沙羅雙樹の材をもって建てた家に住んで、近代生活をしている。じつに無常である。

愚庵が生きていたならいかがいうか知らないけれど、しかしその宗教生活の中から生まれた歌にちがいなくとも、これは愚庵晩年の作なのだ。しずかな歌ではあるけれど、数奇《さつき》な運命がしのばれる。ここまで来るのには波瀾万丈《はらんばんじよう》の生活があった。人生の苦難を一身に負って来たかのごとくである。それを知るなら、この沙羅の歌は涙なしには読みえない。

ちちのみの父《ちち》に似《に》たりと人《ひと》がいひし我眉《わがまゆ》の毛《け》も白《しろ》くなりにき（同）

天田愚庵

わかりやすい歌でこれも解説するほどのことはないが、もう一首ある。

かぞふれば我《われ》も老《お》いたりははそはの母《はは》の年《とし》より四年《よとせ》老《お》いたり

「癸卯感懐《みずのとうかんかい》」と題する明治三十六年、死ぬ一年前の歌だが、十五歳の時生別したままついに生涯逢うことができなかった。明治元年戊辰《ぼしん》兵乱のおり、薩長軍に抗戦して出陣し、平城（福島県）陥落と同時に父母妹らが行方不明となった。以来父母妹らを捜し求めて全国をまわる。その間一時旅写真師となったこともあり、清水次郎長の養子になったこともある。今日、浪花節や講談の種本になっている『東海遊侠伝』は次郎長のために愚庵の書いたものである。山岡鉄舟に知られ、落合直亮（直文の養父）に国学を学び、桐野利秋のところへ身を寄せたり、陸羯南《くがかつなん》や国分青厓、福本日南、丸山作楽らと交わっている。産寧坂の草庵には子規が虚子を伴って訪問しており、与謝野礼厳の子寛（鉄幹）を直文門に紹介したりしている。子規が俳句だけでなく歌を作るようになった機縁も愚庵である。この歌を作った時分は産寧坂の草庵をたたみ、伏見桃山に新庵をいとなんで住まっていた。

いかにさがしてもむだだ、やめよと人からさとされても二十年間尋ねまわった。生別した時の父は六十五歳、母は四十七歳。その父の眉の白かったように、ようやく自分のも白くなったと、父をしのんでは自分の老をかこっているのだ。世の常のことでないだけに、読むものの心を歎かせる。はなやかな明治和歌革新のその少し前に、いくばくかの関係をもつ愚庵がいる。これを忘れてはならない。

七月

琴《こと》の音《ね》にみねの松風《まつかぜ》かよふらしいづれのをよりしらべ初《そ》めけむ（拾遺集）

斎《さい》宮《ぐうの》女《にょう》御《ご》

「野宮《ののみや》に斎宮の庚申《かうしん》し侍《はべ》りけるに松風夜琴に入るといふ題をよみ侍りける」の詞書《ことばがき》がある。「野宮」は斎宮だから嵯峨の野の宮で、現在の野の宮はそのあとである。斎院ならば紫野の野の宮である。庚申は庚申待《こうしんまち》のことで、七月かのえさるの日、今の夕四時から翌朝四時まで、帝釈《たいしやく》と青面金剛《しようめんこんごう》、または三猴《さんこう》の象として猿田彦神《さるたひこのかみ》を祀《まつ》って終夜行なわれた。この夜を守って眠らないため、人びとは歌を作ってつれづれごころを遊ばせた。その題が「松風夜琴に入る」というのであった。題そのものがすでに一つの詩である。至難の出題にさだめし人びとは当惑したと思われるけれど、これはまた何とさわやかなすがすがしい調べの歌なのだろう。苦吟のおもむきはいささかもない。かき鳴らす琴の音の高まるのは、さつさつたる峰の松風が吹きかようからだという上三句を受ける第四句「いづれのをより」の「を」は、琴の「を」と「峰」の「を」とを掛けており、松風に人を待つの縁を持たせているなど、措辞《そじ》が巧緻《こうち》をきわめているだけでない。いいようもなく優しく、またほのかな夢のような心のうちをにおわせる。つつましい恋ごころをほとんど絶え入るかのようにきつくそれとはなしにいい放っているなど、ことばに出して語りがたい思いを自分にいい聞かせ人にも訴えながら、さながらに放心したかのごとく、松風の音にあわせていよいよ高く琴をひいている。その琴の音がまた人のひいている琴の音に聞こえてくる。人のひいている琴の音が自分のひいている琴のしらべにかよってきて、せつなくもまた空虚なようにも感じられるという思いをこめた、これはまことに複雑な幽艶《ゆうえん》象徴の叙情であって、同時代あまたある女流歌人の傑作中でもとくに出色の一首である。

　この庚申待はいつであったか。伊勢の斎宮を辞して、すでに村上天皇の女御に入っていたのであろうか。天皇はことのほか琴を愛《め》でられたから、おふたりのためにとくにこういう題が選ばれたとも察せられる。醍醐天皇の孫で徽子《きし》と呼ぶが、朱雀《すざく》天皇の時に伊勢の斎宮に奉仕し、のちに村上帝の女御となり承香殿《じょうきょうでん》女御と申し上げた。よって斎宮女御というのである。藤原公任《ふじわらのきんとう》の三十六歌仙には「斎宮集」百二首がえらばれているが、なぜかこの歌を逸している。拾遺集、後拾遺集のほか、新古今集に入集しているのが目をひく。後鳥羽院が認められたのであろう。けれども百人一首にははいっていない。一般にはそれほど知られていないわけである。品高くしずかな人柄であったようだ。栄花物語にも大鏡にも、それほどくわしくは記されていない。

みな人《ひと》のそむきはてぬる世《よ》の中《なか》にふるの社《やしろ》の身《み》をいかにせむ（新古今集）

琴取《こと と》れば嘆《なげ》き先立《さきだ》つけだしくも琴《こと》の下樋《したび》に嬬《つま》や隠《こも》れる（万葉集巻七・一一二九）

作者不詳

琴の歌といえばこの歌が思い出される。詞書に「倭琴を詠む」とあるが、巻五の大伴旅人の「梧桐《ごとう》の日本琴《やまとごと》一面」の序詞の「君子《うまひと》の左琴」でもわかるように、そうして何も君子でなくとも琴は女だけがひくのでなく、もともと祭祀に供される楽器だったのだから女もひけば男もひいた。

この歌は「雑歌《ぞうか》」の部にはいっているけれど挽歌に近い。「琴の下樋」は琴の胴のうつなところをいうので、なき妻の琴を取り出してひこうとしたところが琴の胴に妻がかくれているような気がする。嘆きが先だってひいてもしらべをなさない、と妻に先だたれた男の悲しみを歌いあげていてあわれである。せめて妻の琴でもひいたなら気がまぎれようかと取り出したのだ。けれどもかえって悲しみを深からしめた。そういう思いもこめられていて、哀憐の情せつせつとして身に沁むものがある。万葉集中高く評価されてしかるべき一首である。

けれども写生派の人びとはあまりいわなかったようだ。私は早く佐佐木信綱から教わっていたが、これを最も推奨したのは佐藤春夫である。万葉集中の優秀歌として機会あれば口に筆にしていた。その若き日に新詩社の影響を受けたのが決定的だったのか。むろんそれだけではなかろうけれど、なお生涯写実的な詩歌は詩歌ならずとして拒否しつづけた。それにしても同じ琴を歌っていても万葉と王朝ではやはり大きな違いが見られる。万葉のこれは直接的生理的であるのに対して、王朝のあれは主観的心理的だった。万葉のこれはわかりやすいが、王朝のあれは複雑だった。

*

山道《やまみち》に昨夜《ゆふべ》の雨《あめ》の流《なが》したる松《まつ》の落葉《おちば》はかたよりにけり（歌集・太虚集《たいきよ》）

島《しま》木《き》赤《あか》彦《ひこ》

大正十一年作、「有明温泉」行の一首である。同じ時に

たえまなく鳥《とり》なきかはす松原《まつばら》に足《あし》をとどめて心静《こころしづ》けき

いづべにか木立《こだち》は尽《つ》きむつぎつぎに吹《ふ》き寄《よ》する風《かぜ》の音《おと》ぞきこゆる

しらくもの遠《とほ》べの人《ひと》を思《おも》ふまも耳《みみ》にひびけり谷《たに》がはのおと

などの傑作がある。「しらくも」の歌はオーストリア留学中の斎藤茂吉を心に思っての作かもしれず、そうしてこの一連では、これが一番すぐれているという人もあるかもしれないが、私は掲出した歌を当時における赤彦の代表作としてとくに取りあげるのである。意は明瞭だからあえていう必要はないが、これは雨あげく、朝早い山道を歩いているのである。それは人通りのない山道をただひとり歩いているのである。そういう説明語は何もないけれど、そうしたおもむきが感じられる。同行者があってはいけないのである。たといあったにしてもそれをいってはいけないのである。これはあくまでもひとりの歌だ。もしもたれか人間が出て来たらこの歌はぶちこわしである。川のようになって流れた雨水に片寄せられている松の落葉だけをいったのがよかった。さすがに赤彦である。清潔であり、清澄である。一読して心をぬぐわれる思いがする。声調が冴えきっているのだ。しかも赤彦自身のとなえていた自然人生の寂寥感というようなものもわかるような気がする。

もくもくと山道を歩いている赤彦の心は孤独の思いに堪えていたのだ。それは大決心をして信州から東京に出て、アララギ編集発行の責任者とはなっているものの、もっとも信頼する茂吉は外遊中であり、憲吉また地方にあった。写生道をふりかざし、全歌壇を相手にして、その作品を激しく攻撃しながらも、やはり心のうちは孤独であった。土田耕平、木曾馬吉（藤沢古実）、後に高田浪吉などの門下といっしょに起居し、それらの若手にアララギの編集なども手伝わせていたものの、しかも伸《の》るか反《そ》るかの境目にあった。赤彦は日夜懊悩《おうのう》したはずだが、それはけっして表に出さなかった。それを自然風景の写生歌の中に韜晦《とうかい》せしめたといっては語弊があるが、しかし一途にそれこそまっしぐらにその写生道にうち込んで行った。その態度はすでに前に述べたように覇者的思想を根底に持っていた。修業をいい鍛錬を説いたが、けれども根はやさしく、そうしてさびしい人だったようだ。この歌は冷たいばかり清く冴え澄んでいるけれど、赤彦の本心が出ている。それはいつでも本心を歌っているのだが、時にきつく出すぎて、態度が目立つきらいがあった。

谷《たに》の入《い》りの黒《くろ》き森《もり》には入《い》らねども心《こころ》に触《ふ》りて起臥《おきふ》す我《われ》は（歌集・柿蔭《しいん》集）

島木赤彦

大正十四年作、死ぬ一年前の「峡谷の湯」四十余首中「赤岳温泉数日」の中にある。これと並んで

奥山《おくやま》の谷間《たにま》の栂《とが》の木《こ》がくりに水沫《みなわ》飛《と》ばして行《ゆ》く水《みづ》の音《おと》

というような佳作がある。赤彦らしい歌でこの方がいっそうすぐれており、りっぱかもしれないが、「谷の入りの黒き森には入らねども」というあたり、かまえをなくした赤彦の心が感じられる。「心に触りて起臥す我は」は赤彦自身にしてもよく説明がつかないのではな

いか。そういう心境である。神秘のようなものを感じる人は感じてよいので、私はこの「黒き森」に赤彦の人生が象徴されているような気がして、読んだ当時不安であった。危い、恐《こわ》いという感じがしたのである。

赤彦の歌は茂吉に及ばないというものもあるが、けっしてそういうことはない。茂吉にはバラエティーがあり近代性があって、はでておもしろいけれど、赤彦は歌境も狭く、またいくばくかやぼなところもあるが、勝負は一首ずつだ。そうなると赤彦の方がすぐれていはしないか。心の持し方が違うのである。位《くらい》が高いといってもよいが、おおかたの歌人はわからないのでないか。比べるのが無理だが、しかし赤彦に学べと強くいいたい。明治・大正・昭和三代の歌人では、私は赤彦をもっとも高く評価している。蒙った恩恵はいいがたいほどである。

*

吾《あ》が恋《こひ》はまさかもかなし草枕多胡《くさまくらたこ》の入野《いりぬ》のおくもかなしも

（万葉集巻十四・三四〇三）

東歌《あずまうた》・上野国歌《かみつけぬのくにのうた》

「まさか」は現在ということ。まさしく、現《げん》に今というほどの意。「草枕」は旅にかかる枕詞だが、ここでは「多胡」にかかる。万葉集中ただ一つの変則例である。だから略解のように、これは枕詞でなく、旅のさまをいったのだというような説も出るわけである。「多胡」は群馬県多野郡多胡村（現在、吉井町）であり、「入野」は山の方へ深く入りこんでいる野であろうが、地名のような感じもする。一首の意は「自分の恋ごころは現在このようにせつないけれど、多胡の入野の奥ふかいように遠い先々《さきざき》も悲しいばかりせつなく思われる」というのである。「草枕多胡の入野の」は「おく」をいうための序詞であり、「おく」は場所だけでなく時間もいうので、将来もせつなく悲しく思われるといっている。

一首の中に「かなし」の語をくり返しているが、少しもわずらわしくない。かえって結句の「おくもかなしも」は泣き甘えているがごとき口調の感じられる切実の語で、またつつましい女ごころのあわれさをうったえている。東歌に似合わず俗な民謡調の感じられぬ、そうしてどこか奥深いものを思わせる、何ともいいようのない、よい響をつたえる可憐の作だ。私はこれをひとまず女の歌として解してきたが、斎藤茂吉のいうように、かえって男の歌として解しやすいようでもある。しかし、略解も古義も女の歌と解している。しかもどちらも夫の旅別に際して妻が歌ったというふうに解しているが、東歌はだいたいが民謡であり、民謡ふうのものが多いのだから、そうしてそれは民謡ゆえに恋愛の歌が中心であるのだから、特定の夫とか妻の歌と解したのでは東歌らしさがなくなるだろう。もっとも千蔭や雅澄にしても、それくらいのことを知らぬはずはないのだけれど、しかもなお徳川時代の学者は、あえてそういう解釈をしていることがある。やはり時代というものだろう。それにしても東歌は個人の作もあろうし、集団の中から生まれたものもあろうが、東国地方で行なわれていた歌であって、作者はむろんわからない。その作られた地方にしてもわかっている国のものもあり、わからない国のものもある。

彼《か》の子《こ》ろと寝《ね》ずやなりなむはだ薄《すすき》宇良野《うらぬ》の山《やま》に月片寄《つくかたよ》るも（同三五六五）

東歌・未勘国歌《みかんこくのうた》

「子ろ」の「ろ」は接尾語で意味はない。「はだ薄」は「はた薄」と同じであろうが、異なるかもしれない。集中「旗芒《はたすすき》」とか「旗須為寸《はたすすき》」と記載されてあるのは、すすきの穂が旗のように見えるところからきていることがわかるが、この歌のように「波太須酒伎《はだすすき》」とあるものはよくわからない。けれどもこれは「宇良野」にかかる枕詞としてつかわれている。宇良野は長野県小県郡《ちいさがた》に浦野町があるが、はたしてそこか。そこなら未勘国の歌ではなくなるわけだが、未勘国は国を勘《かんが》えぬというので、そのころはどこの国の歌かわからなかったのだ。

島木赤彦はこの歌を激賞していたが、これを女が男のところへ通って来る歌と解して、信州北安曇郡の俚謡まで引用している。しかしこの歌からはそれをいう根拠は何も見いだせない。反対に男が女のもとにたずねてきて入れてもらえず、家の外で立ちつくしているのだというのもある。がこれとてもにわかには賛成しかねる。ふつうは男が女の家に通うのがならわしだったのだから、赤彦説よりもこの方に分がありそうだけれど、家の外で立っているというようなおもむきは何も詠われていない。これは高木市之助博士の解の方が妥当のようだ。もうあの子といっしょに寝ないようになるのだろうか（待っていても来ず）月は宇良野の山に片寄ってしまった、というのである。つまり約束した女が出てこなかった。今か今かと待っているうちに夜がふけて月が宇良野の山に傾いたのだ。それで男が残念に思って悲しみの情を叙べたのである。これも「寝ずやなりなむ」などといっていても少しも卑猥な感じはしない。飾らない心の純粋さのゆえだろう。それを受ける三句の「はだ薄」は枕詞ではあるが、なおその野のさまが目に浮んでくるとともに、下句のしらべがじつによい。やはり東歌の中での最優秀歌である。ついでだが高木博士は万葉をいう諸学者中、もっとも詩情を解する人である。

＊

豆《まめ》の葉《は》の露《つゆ》に月《つき》あり野《の》は昼《ひる》の明《あか》るさにして盆唄《ぼんうた》のこゑ（歌集・冬菜）

太《おお》田《た》水《みず》穂《ほ》

このマメの葉はむろん大豆《だいず》の葉である。枝茎《えだくき》ながらに抜きとるから枝豆ともいわれ、また田の畔《あぜ》によく植えるから畔豆《あぜまめ》ともいわれる。青田の畔の大豆の葉である。盆唄は盂蘭盆《うらぼん》の夜に灯火を持って町内を歩きながらうたう唄で、京都だけに残っているようす。一般には盆踊り唄のことをいうので、水穂の郷里である長野県あたりは、とくにその唄もたくさんあって、盆踊りのさかんなところであるようだ。この歌は大正十三年八月、お盆に際して久しぶりに帰郷した時の作、松本市に近い広丘村である。

「野は昼の明るさにして」というほどの月だから、旧のお盆だ。そうしてそれは十六日か十七日ぐらいの月なのだろう。盆踊りは十五日の盂蘭盆が過ぎないとはじまらないからだが、むし暑い夜をいねがたく、またひさびさに見るその夜の月が惜しまれて、外に出た。もの思うともなく歩いていたのだ。少年のころから知りつくしている故郷の野である。すでに夜ふけで畔豆の葉に露がおりて光っている。天心に澄みわたる月は昼をあざむくばかり明るい。するとどこか遠くの方で盆踊りをしている唄ごえが聞こえる。

感懐ひとしおといったおもむきの歌で、かくれた意味があるのではない。けれども農村のお盆は都会とちがって、正月とともに一年中でいちばん農事のひまな季だ。すでに青田の手入れはことごとく終わって、秋の稔《みの》りを待つばかりである。盆踊りをしているのは、それを祈っての前祝いの遊びでもあるが、また何よりも事なくおだやかであることの証でもある。

この歌の結句「盆唄のころ」からはこのような思いがくみとれる。それは余情として感じられるので、やはり巧みな据え方であると思われる。

けれども「豆の葉の露に月あり」という一、二句、それにつづく三、四句の「野は昼の明るさにして」などは、どことなく俳句的である。俳句的手法によっているのが看取せられる。すなわち水穂は大正四、五年ごろから芭蕉に傾倒し、それからして、さび、しおり、ひびきなど俳諧的用語を使用して象徴をいい、アララギの万葉を宗とする写生説に対立して日本的象徴主義を唱道した。主宰する『潮音』誌上では大正九年から十四年まで、幸田露伴、沼波瓊音《けいおん》、阿部次郎、安倍能成、後に小宮豊隆、和辻哲郎、勝峯晋風《しんぷう》らが加わって芭蕉俳句研究会を毎月開いて、その筆記を掲載した。これはのちに三冊の本となって岩波書店から出版されたが、水穂の芭蕉への打ちこみようはすさまじかった。赤彦や茂吉とはげしい論戦をくり返し、まっしぐらにその主義主張をおし通した。俳諧臭を批判されながらも年齢が加わるとともにようやく大きく成長し、欠点は次第に目立たなくなり、水穂独自の歌風ができ上がる。この『冬菜』は第四歌集、そうしてこの歌は五十二歳の時の作である。

雷《らい》の音雲《おとくも》のなかにてとどろきをり殺生石《せつしやうせき》にあゆみ近《ちか》づく（歌集・鷺《さぎ》・鵜《う》）

太田水穂

昭和八年八月、那須温泉に遊び、殺生石を見に行った時の作。殺生石は謡曲「殺生石」で人の知るとおり、金毛九尾の妖狐が玉藻《たまも》の前《まえ》なる美姫となって鳥羽院に寵愛されるが、安倍泰成に調伏せられ那須野に逃げて三浦介義らに退治される。その怨霊《おんりょう》化して殺生石になったという。だから芭蕉も見に行った。『奥の細道』では「殺生石は温泉の出づる山陰にあり、石の毒気いまだほろびず、蜂、蝶のたぐひ真砂《まさご》の色の見えぬほどかさなり死す」と実状を記している。今の知識ではそれが石のまわりから噴き出る硫化水素、砒化水素などの有毒ガスによるとはわかっていても、なお恐ろしき殺生石だ。だれでもが見たいと思うは同じ。まして『奥の細道』を思い、心あこがれるものはなおさらである。

殺生石についての説明は何もしていない。那須野についても、その行く道の情景も説明していない。ただ雲の中に鳴りひびいている雷をいっただけである。それをあえて一音多くして「とどろきをり」と三句で切った。そうしてさりげなく「殺生石にあゆみ近づく」と結んだ。簡素である、巧みな省略である。ために余情が出てきた。ひろい那須野の原のその湯本なる殺生石をじつにぶきみに感じさせる。水穂五十八歳の作、第五歌集『鷺鵜《さぎう》』に出ている。

＊

君《きみ》に恋《こ》ひ甚《いた》も術《すべ》なみ平山《ならやま》の小松《こまつ》が下《した》に立《た》ち嘆《なげ》くかも（万葉集巻四・五九三）

笠《かさの》女《いら》郎《つめ》

笠女郎の伝は未詳。巻三、巻四、巻八に歌がある。あわせて二十九首、すべて大伴家持に贈った歌である。これは巻四の一連二十四首中の七首目の歌、巻四はことごとく相聞である。平山は文字通りたいらかな、なだらかな山の意で、丘陵のような地形地勢からきている。奈良、寧楽、平城、楢などの文字が当てられる。平城京の北がわに東西にとぎれがちにつづく丘陵全体の称で、そのうち東の方が佐保山、西の方が佐紀山である。電車で西大寺から奈良への途中、北の方に見えるのがそれである。当時も小松ぐらいしか育たなかったのか、ほかに「平山の小松が末《うれ》の」（巻十一・二四八七）歌もあり、今とたいしてちがいはなかったようだ。だいたいが低いマツの林でなかに池や池をめぐらす山陵や古墳があり、また有名な古寺も多いから奈良公園に満足しない人々のよい散策地になっている。

この歌は家持に対する恋情を持てあましているふうだ。うらみごとをいっているのではないが、どうにもならない悶々の情を訴えながら、ひどくやるせなさそうなのがあわれである。たれも人のいない奈良山のなかにはいってきて、あたかも少女のように嘆いている。それは少女であったかもしれないのだが、二十歳前の少女ではないだろう。才女にはちがいないが、これはかなり歌の修練を積んだ女の歌と思われるからだ。家持のところへ出入りして、多くの女たちといっしょに文学の勉強をしたのではないか。そうしているうちに家持を好きになった。けれど師である。それに身分もちがう。とげられそうもない片恋をひとりひそかに嘆いているのだ。この可憐な「小松が下に立ち嘆くかも」という下の句がじつによい。「立ち嘆くかも」だからよいので、「立ち嘆きつる」だったらよさが半減する。しかし原本、「鴨」が後に「鶴」に書きかえられたので、「鶴」の訓《よ》みもひろく行なわれている。この歌の次に

わが屋戸《やど》の夕影草《ゆふかげぐさ》の白露《しらつゆ》の消《け》ぬがにもとな思《おも》ほゆるかも（同五九四）

というような繊細で、洗錬された流暢な歌もあり、また

相念《あひおも》はぬ人《ひと》を思《おも》ふは大寺《おほてら》の餓鬼《がき》の後《しりへ》に額《ぬか》づく如《ごと》し（同六〇八）

というような奇抜な歌もある。これはいわれるほどすぐれた歌ではないが、やはり相当な才能である。

今《いま》は吾《わ》は侘《わ》びそしにける生《い》きの緒《を》に思《おも》ひし君《きみ》をゆるさく思《おも》へば（同六四四）

紀《きの》　女《いら》　郎《つめ》

「侘びそしにける」は気力が抜けて心の沈みきっている状態。「生きの緒」は命の綱というほどの意。「ゆるさく」は放任、放念で、ゆるめ放ちやるの意、ゆるそうとすること。一首

の意は、「今の私はすっかり生きる気力をなくした。命の綱とも信頼していた人だけに、もうほっておくより仕方がない。したいままにゆるすほかないと思うと」ということになる。ほかの女に心変わりした相手の男を、引きとどめようと百方手を尽くしたけれどむだだった。命がけで愛してきた男だったのに、もはやせんすべもないとあきらめている。心身を労して困憊《こんぱい》しきっている状態がさながらに歌われていてあわれである。とくにその調べに心うたれる。「今は吾《わ》は侘びそしにける」と悲観しきっている一、二句の出かけからして、いいようもないあわれを感じる。一時代前とはちがう。やはり天平の文化に浴した人の歌である。知的で複雑である。繊細な心理をのべていて、しかも鋭い。しきりに近代を感じさせる。

巻四相聞のなかの紀女郎の「怨恨《うらみ》の歌三首」の二首目の歌である。紀女郎は紀鹿人《きのかひと》の女《むすめ》で、名は小鹿《おしか》。天智天皇の曽孫安貴王《あき》の妻で、家持と交渉があった。しかし家持へ贈った歌はごくふつうの相聞にすぎない。だからこれは夫の安貴王が、因幡《いなば》の八上采女《やかみのうねめ》を娶《めと》り、そのため采女は罰せられて郷里へ帰されたということがある（巻四・五三四—五の左注）。だからその事件の渦中《かちゆう》にあっての心労を歌ったのでないかといわれたりする。他の二首も思い深い秀歌である。

世間《よのなか》の女《をみな》にしあらばわが渡《わた》る痛背《あなせ》の河《かは》を渡《わた》りかねめや　（同六四三）

白栲《しろたへ》の袖別《そでわか》るべき日《ひ》を近《ちか》み心《こころ》にむせひ哭《ね》のみし泣《な》かゆ　（同六四五）

＊

葛《くず》の花踏《はなふ》みしだかれて色《いろ》あたらしこの山道《やまみち》を行《ゆ》きし人《ひと》あり（歌集・海やまのあひだ）

釈《しやく》　迢《ちよう》　空《くう》

迢空の歌は石川啄木などの三行書きとはまたちがう特殊な表記法によっている。このクズの花の歌にしても、

葛の花　踏みしだかれて、色あたらし。この山道を行きし人あり

と書かれており、これにつづく次の歌は

谷々に、家居ちりぼひ　ひそけさよ。山の木の間に息づく。われは

というふうである。これについて『海やまのあひだ』の後記に「私が、歌にきれ目を入れる事は、（略）文字に表される文学としては、当然とるべき形式」「歌の様式の固定を、自由な推移に導く予期から出てゐる」などと、くわしくその理由を説明しているが、迢空自身が「私の友だちはみな、つまらない努力だ」といったとしるしている。その友だちのなかには島木赤彦、斎藤茂吉、古泉千樫《こいずみちかし》らがふくまれるはずだが、しかし迢空はそれをやめなかった。たれが何をいおうといっさいとりあわなかった。断固として生涯それでおしとおしたの

である。

『海やまのあひだ』は迢空の処女歌集で、大正十四年の刊行である。正直にいってその特殊な表記法にはいくらかのこだわりを感じたけれど、それでも何となく心ひかれるものがあった。この歌集は明治三十七年ごろのごく初期の作から逆年順に配列されてあって、これは大正十三年「島山」十四首中の第一首目の歌、巻頭に置かれてある。「クズ」は山野に自生する多年生蔓草《つる》。晩夏初秋のころ葉腋《ようえき》に花穂を出し、紅紫色の蝶形花をつづる。フジの花を立てたような形に咲く、秋の七種のひとつである。「踏みしだかれて」は、踏みあらされて、または踏みつぶされ踏み乱されてというぐらい。「色あたらし」は、踏みつぶされて花がかえってなまなましく新鮮に感じられることをいっている。わかりやすい歌で、ほとんど解説を要せぬほどだが、しかし深い沈黙と孤独を感じる。それはいずこの島山であるかを知らなくても、クズのいっぱいにはびこっている山道である。長い峠なのだろうが、そこを越えないかぎり目的地にはたどりつけない。蒸《む》すような草いきれである。暑い日ざしに汗あえながら、ひとり黙々と歩いている。その時、自分より先に通った人のあるのを知った。クズの花が踏みしだかれていたのだ。まったく孤絶したひとときだっただけに、驚きに似た人なつかしさを感じた。これは事実そのままを叙したのだけれど、一音多くして終止形にした三句は、その踏み乱されたクズの花を見て立ちどまっている旅人のおもかげが見えるし、またそれゆえにわりあいに単調な下句が救われているだけでなく、このような山道を自分より先に通り過ぎた人があったということに対する感慨、その未知未見の人とのかりそめならぬ所縁を心ふかく思っているようなおもむきもある。迢空は生涯妻帯しなかった人だ。そういう人のどこかさびしそうなうしろかげを感じさせる歌で、早くより迢空の代表作として膾炙している。

まれまれに我《われ》をおひこす順礼《じゆんれい》の跫音《あのと》にあらし遠《とほ》くなりつつ（歌集・春のことぶれ）

釈　迢空

昭和二年八月十一日、千樫の訃《ふ》を迢空は土佐国室戸崎で知った。千樫と迢空はとくに深い友情関係にあり、大正十三年四月、ともにアララギを去って、北原白秋らの『日光』創刊に参与したのも千樫のすすめによるものであった。その親友の訃をたまたま旅先の室戸崎で聞いたのだ。四国八十八か所、第二十四番の札所、最御崎寺《ほつみさきじ》で聞いたのだ。この歌を味わうには直接必要はないが、以上のようなことどもを知っている方が鑑賞のたすけになる。迢空はその悲報に心くずおれ、がっくりとしたのであろう。あの長い石段の坂道をのぼる元気もなしに立ちたたずんでいたのか。深い悲しみの心のうちを影びとのように巡礼の足おとが過ぎ去る。その足おとは黄泉《よみ》の国に急ぐ千樫の足おととも思われたのか。生きている自分を残しておいて音なく過ぎ去る、その夢ともうつつともわからないような状態を「跫音《あのと》にあらし」

と表現した。「まれまれに」「おひこす」「遠くなりつつ」みないずれもはかなくも悲しきこの世の声だ。この歌につづく次の歌も秀歌の聞こえが高い。

なき人《ひと》の今日《けふ》は七日《なぬか》になりぬらむ遇《あ》ふ人《ひと》もあふ人《ひと》もみな旅人《たびびと》

迢空の歌はさらによくなって、晩年新境地をひらく。学問の方は本名折口信夫《おりくちしのぶ》でとおした。

八月

庭《には》のべの水《み》づく木立《こだち》に枝《えだ》たかく青蛙《あをがへるな》鳴くあけがたの月《つき》(伊藤左千夫歌集)

伊《い》藤《とう》左《さ》千《ち》夫《お》

「水籠十首」中九首目の歌、詞書《ことばがき》がある。「八月二十六日、洪水俄《にわか》に家を浸《ひた》し、床上二尺に及びぬ。みづく荒屋の片隅に棚やうの怪しき床をしつらひつつ、家守るべく住み残りたる三人四人が茲《ここ》に十日余《あまり》の水ごもり、いぶせき中の歌おもひも聊《いささ》か心なぐさのすさびにこそ」と、明治四十年左千夫四十四歳の時だった。今もそうであるように、東京の本所深川へんはよく水の浸《つ》くところ。左千夫はそのあたりに住んでいたから、この時と前後三回その害をこうむっている。四十三年がもっともひどかったらしく、床上水五尺、辛うじて人間と、飼っていたウシだけが助かったという。それでも「心なぐさのすさび」であったのか、初めての三十三年には「こほろぎ」十首を、四十三年には「水害の疲れ」六首を作っている。

うからやから皆《みな》にがしやりて独居《ひとりゐ》る水《み》づく庵《いほり》に鳴《な》くきりぎりす（三十三年）
水害《すゐがい》ののがれを未《いま》だかへり得《え》ず仮住《かりずみ》の家《いへ》に秋寒《あきさむ》くなりぬ（四十三年）

いずれもその中の佳作であるが、しかもなお「庭のべの水づく」歌には及ばぬようだ。青蛙はむろん雨蛙だが、「雨」をいったのでは水に即《つ》きすぎる。それよりは青い色をいいたかった。あけがたの月に対して「青蛙」が新鮮に感じられるからだ。その雨蛙があけがたの月に鳴くというのだから、雨はとっくにやんで空は澄んでいたのだ。が、水はなかなかひかない。疲労と不安に一夜まんじりともしなかった朝がただけに、その月の光がただならぬように感じられた。まして時ならぬ雨蛙の声だ。異様な感じがして、荒涼ひとしお加わる思いがしたのである。土屋文明は「青蛙鳴くあけがたの月」の名詞止めのところに俳句調を感じるといったが、そういえば下句全体が俳句調であるよりは俳句的なのではあるまいか。これはやはり子規からきているものと思われるけれど、それよりは子規の即興的で、一首のあとつづけて幾首か作るという、その連作なるものを、それを作歌態度として承《う》けついでいることの方が重大である。この歌にしても十首連作の中の一つであり、他の二回の水害の場合も同じであったが、子規とちがうのはそれはもはや即興などではなく、一首々々を丹念に精魂をこめて作るという文学者的態度に変わってきている。これらが門下の赤彦や茂吉らにひきつがれ、さらに発展するのであるが、この歌もそういう態度から作られている。なお左千夫はたれでもが知っている有名な

牛飼《うしかひ》が歌《うた》よむ時《とき》に世《よ》のなかの新《あらた》しき歌大《うたおほ》いにおこる

の柄《がら》の大きい堂々とした歌でもわかるように、本業は牛乳搾取業だったのだから、牛飼いにはちがいない。何頭か牛の飼われている小屋が水びたりになっている。その情景を思いうかべてこの歌を味わいたい。

高山《たかやま》も低山《ひくやま》もなき地《ち》の果《はて》は見《み》る目《め》の前《まへ》に天《あめ》し垂《た》れたり（同）

伊藤左千夫

明治四十二年四十六歳の作。「二月二十八日九十九里浜に遊びて」と詞書ある七首中五首目の歌である。連作全部粒ぞろいで、晩年の傑作として名高い。左千夫の出身地は千葉県成東町だから、九十九里浜は近くで故郷みたいなものだ。それでここも前後三回作っている。第一回は三十五年、この時はとりあげていうほどの作はないが、第二回は四十年、七首からなる「磯の月草」には

九十九里《くじふくり》の磯《いそ》のたひらは天地《あめつち》の四方《よも》の寄合《よりあひ》に雲《くも》たむろせり

というような作もあって、この歌に迫るほどだが、なお語が勝ちすぎて美しい調べではあるけれど、うらむらくは歌を小さくしている。それにくらべると、これはその情景が大きいように歌も大きいのだ。高い山も低い山も何もないこの大地のはては、ただ目の前に天の大

空が垂れさがっているばかりだ、とその心は大きい。しかもその大空は奥底知れず青いけれど、また何もないかのように暗い。かぎりもなしに澄みきっているようだが、またきびしくとざされてもいるようだ。質実にしてまた淳朴、人生究極の寂寥感みたいなものがこもっている。親鸞を信じ歎異抄《たんにしよう》を耽読《たんどく》していた左千夫である。そういう宗教的なものも感じられる。重厚なしらべ、まれに見る丈《たけ》高い歌である。

*

浦《うら》かぜは湊《みなと》のあしに吹《ふ》きしをり夕暮《ゆふぐれ》しろき波《なみ》のうへの雨《あめ》(風雅集)

伏《ふし》見《み》院《いん》

「浦」は海や湖の曲がって陸地に入りこんだところ。「湊」は港と同じ、川が海や湖へ流れこむところ。すなわち水門《みなと》で、船が碇泊したりする。「吹きしをり」は吹き撓《しな》うこと、吹き撓《たわ》んで痛みつける意である。そこでこの浦であるが、この場合は湖であるよりは、海であった方が歌の心にかないそうである。葦《あし》は川口のへん水ぎわにはいやというほど生《お》い茂っている。歌意明瞭、いうほどのこともないが、もう日の暮れ方である、さっきからあやしい雲行きだと思っていたらにわかにかき曇って暗くなってきた。海風がはげしく吹き出して湊の葦を乱している。すると降ってきた、大粒の雨がしのつくばかり降り出したのである。「浦かぜ」といい「吹きしをり」という上の句はむろんのこと、一音多くして「波のうへの雨」と止めた結句は効果的で、よくその情景をいい得ている。暗い夕暮れの海の波の上に、降りしぶき降りけぶる雨あしの白さが見えるようだ。まことにたくみで、上々の叙景歌である。

こういう歌がかつてあったか。同じような情景をあつかった歌は他にもあろうが、しかし万葉の歌などにくらべて心くばりがこまやかである。万葉の歌の直叙的なのに対してしらべに曲折がある。それで少しもわずらわしくない。古今・新古今集ふうの気取りや持ってまわったようないやらしさもなく、したがって技巧を弄したようなおもむきはいささかもない。

やむまじき雨《あめ》のけしきになるならし近《ちか》き尾《を》の上《へ》も雲《くも》に消《き》えゆく（同）

これもまことにすぐれた歌だが、たとえばこの歌のように何の心だくみもなく、ごく平易なことばを用いて、目に見ゆる景を飾ることなく、そのまま歌いあげている。しかも雨をいとう心の欝をそれとなくいいふくめ、かつ雲にかくれてゆく山を美しいとながめている。が、その歌を詠む心の中はさびしそうである。歌でも作らねばやりきれないというような思いも汲みとれる。

伏見院と申し上げたが、伏見天皇であられる。師の藤原為兼《ためかね》の撰《えら》んだ玉葉集では院御製、風雅集では伏見院御歌となっている。皇后が永福門院で同じく為兼を師とせられていたが、天皇の歌風に通じる正確な、またくせのない新しい歌を作られて、ともに為兼にまさるとも劣らないすぐれた歌人であられた。これをいちはやくいったのは佐佐木信綱で、東京大学で講義した。のちに折口信夫（釈迢空）が万葉・古今・新古今と論じきたった末に「発達しきった歌」としておふたりの歌をとりあげて絶賛した。土岐善麿も為兼を賞して本を書いた。しかし歌界はおおかたわれ関せずといったふうで、新古今集後の歌などはつまらぬものだと思いこんでいる。

ゆふぐれの雲《くも》飛《と》びみだれ荒《あ》れて吹《ふ》く嵐《あらし》のうちに時雨《しぐれ》をぞきく（玉葉集）

伏見院

むずかしい語はひとつもないが、「時雨」は万葉集には「九月《ながつき》の時雨《しぐれ》」とか「十月《かんなづき》時雨《しぐれ》」とかの歌があって、新暦になおすと十一、二月ごろ、この歌は「冬の部」にはいっている。三句までが嵐ふく空の説明だが、くどいという感じがしないばかりか、けわしい雲ゆきの空をながめながらさむざむと降る時雨の音を聞いている。時雨だからひとしきり降るとすぐにやむ。やんだかと思うと遠くから降ってきてまたにわかにはげしい音を立てる。そういう情景を古今・新古今ふうの調べではない調べに乗せて歌ったのだ。はげしい嵐の中に聞こえる時雨、それは騒がしいようでもあるが静かでもある。それに耳を傾けている。心のうちはさびしさに堪えないのである。これもたいへん新しい感じの歌で、迢空もいうとおり、このような詠みぶりの歌はこれ以前にもこの以後にもない。新古今集以後、鎌倉から室町へと歌は急速に堕落する。もはや救いようがないと思われた時代にこのようなすぐれた歌を詠まれる天皇がおわした。南北朝にかかる前ごろだった。何かと物を思わせられるけれど、こういう奇蹟のごときもやはりありうる。所詮《しょせん》は人である。

のどかにもやがてなりゆくけしきかなきのふの日《ひ》かげ今日《けふ》の春雨《はるさめ》（玉葉集）

さ夜深《よふか》く月《つき》は霞《かす》みて水落《みづお》つる木《こ》かげの池《いけ》に蛙《かはづ》なくなり（風雅集）

われもかなし草木《くさき》も心《こころ》いたむらし秋風《あきかぜ》ふれて露《つゆ》くだるころ（玉葉集）

*

星《ほし》のゐる夜空《よぞら》ふけたりわが船《ふね》の大《おほ》き帆柱《ほばしら》の揺《ゆ》れの真上《まうへ》に（歌集・青淵）

川田《かわだ》順《じゅん》

熊野旅行歌七十一首中、「紀州灘船中」と題する十二首中の一首である。

あかあかと漁火《いさりび》もやし沖釣《おきつり》のあまの小舟《こふね》ら闇《やみ》のなかに浮《う》く

出雲《いづも》崎大島《ざきおほしま》の辺《へ》に火《ひ》をつらね鰯《いわし》とる舟《ふね》は夜《よ》もすがらならし

岸《きし》を打《う》つ潮騒《しほざゐ》さやにきこえつつ沖《おき》ゆく船《ふね》の夜《よ》はふけにけり

などの佳作がこの歌の前にある。どこか人麿や黒人の舟行歌に似た感がある。作者も多分それを心に置いて作ったのだろうが、これは全部夜の舟行歌であるのが注意せられる。そこに別種のおもむきが生じた。この旅行は炎暑八月のことであったから、夜の海上とはいえ船室では眠り難かったのだろう。また物めずらしさも手伝って甲板に出て海風に吹かれていた。デッキチェアに仰向きになって、澄みわたる夜天の星を眺めていたのか。すでに天の川の流れも見えたはずだが、ふと気がつくとまっ黒な太い帆柱が揺れながら突っ立っている。その上にひとしお明るく光る星がある。織女星なのだ、と。この歌はそこまではいっていないけれど、そういう情景も思いしのばせるほどに、複雑な内容をよく単純化して大きな調べの中に融合させている。順の全作品の中でも特にすぐれており、身も心も満ち足りているといったふうである。

この歌は昭和五年刊行の第四歌集『青淵』にはいっているが、作ったのは大正十二年四十二歳の時で、住友本社ではすでに枢要の地位にあり、歌人としても意気もっとも盛んなころで、順自身も「熊野歌七十一首には力の限りを尽くした」といっており、同門の友木下利玄は「熊野歌は、君が歌壇復活後の最も勝《すぐ》れた収穫であると、私は思ってゐる。これも君の胸中にゐる詩人が、平素は非常に眩《めまぐ》るしい雑事の為に、睡眠を余儀なくせられてゐるのが、熊野の奥の幽邃《ゆうすい》な大自然に接して、其眠りから覚めた結果であると考へる」と称賛した。

順は十六歳で佐佐木信綱門にはいり、早くより才気煥発、一高から東大文科にはいったが、中途法科に転じ、卒業すると住友に入社した。歌から遠ざかって久しかったが、大正七年処女歌集『伎芸天《ぎげいてん》』を出すと、またたちまち歌壇に復帰して精力的な活動をするようになる。その初期の作は浪漫主義の匂い濃いものであったが、大正八年窪田空穂を知るに及んで、作風は一変し、その影響感化を受けて写実主義風になる。熊野歌はそういう時期における一頂点を示すものである。

雁《かり》一列《ひとつら》真上《まうへ》の空《そら》に近《ちか》づけり荒《あら》らくして徹《とほ》る声《こゑ》きこえつつ（歌集・旅雁）

川　田　　順

昭和九年五十三歳の作。十年刊行の第七歌集『旅雁』に出ている。「高層建築の屋上にて」と題する「雁」連作十首中の一首である。この高層建築はいうまでもなく順の執務していた大阪北浜の住友本社ビルである。このころは地位さらに上って理事重役である。忙中閑をえてある時屋上に出た。八月か九月か、まだ暑い大都会のどまん中である。その時雁の声がきこえた。思いがけない早い雁のおとずれだけにただならぬ感懐を覚えた。それが十首の歌になった。その中でのもっともすぐれた一首だが、この「荒らくして徹る声」というのがこの歌のかなめである。

順の歌はこの後第一回芸術院賞を受けた歌集『鷲《わし》』までがむしゃらに進む。けれど『鷲』

の歌は態度が勝ちすぎている。それに心が荒い。私はそれよりも『旅雁』をよしとするものだが、しかもなおこの「荒らくして徹る声」がそのころの順の声を聞くように思う。その雁の荒い声は順のすべてを象徴しているようだ。順はそれからまもなく住友を辞した。一切の縁を切って完全に一個人に帰した。住友重役中かくのごときは順一人である。そうして戦後問題を起こして関西を去り、東に帰住した。住友と歌と、紆余曲折の長いまわり道をしたものである。簡単にとやかくいうを憚《はばか》るけれど、湘南の地に隠棲してから順の老年の歌がはじまる。すでに十数年になる。八十を越えてなお元気である。

*

大君《おほきみ》の加佐米《かさめ》の山《やま》のつむじ風益良《かぜますら》たけをが笠《かさ》ふき放《はな》つ（平賀元義歌集）

平《ひら》賀《が》元《もと》義《よし》

「七月十九日、加佐米の山を望む」の詞書がある。「大君の」は「みかさ」の枕詞であるが、「み」を省いて「加佐米」に冠らせた。なぜそういうことをしたか。元義は古学に通じていたので、姓氏録の「応神天皇、吉備の国を巡幸し、加佐米山に登るの時、飄風御笠を吹き放つ」の条を思い出し、それで臆せず「大君の加佐米の山」と歌いあげた。加佐米の山は

「備中備前の境」とあるが、はじめは天皇巡幸のさまを歌うつもりであった。天皇の御笠を吹き飛ばすほどの飄風《ひようふう》が吹いたのだから、むろん従駕《じゆうが》の諸臣も笠を吹き飛ばされたに違いない。それを「大君の加佐米の山のつむじ風」と歌っているうちに錯覚した。いや、よい気分になって自分もその行列の中に供奉《ぐぶ》しているような気がしてきた。そこでこれもはばかることなく「益良たけをが笠ふき放つ」とやってのけた。もっとも「益良たけをが」だけでは自分のことをいったことにはならない。しかし供奉の行列をいうのなら、何もそういわなくても、それにかわる適当な語は他にいくらでもあるはずだ。けれどそれがいいたかった。それをいうことによって満足した。元義は「ますらを」という語が好きであった。

大井川《おほゐがは》あさかぜ寒《さむ》み大丈夫《ますらを》と念《おも》ひてありし吾《われ》ぞはなひる

鳥《とり》がなく東《あづま》の旅《たび》に大丈夫《ますらを》がいでたちゆかむ春《はる》ぞ近《ちか》づく

といったふうで、みずから「ますらを」をもって任じていた。ともに元義の歌の代表作だが、人がよいのか正直なのか、わしは「ますらを」だぞ、とそり返り、大手を振って歩いている魁偉《かいい》な風貌が見えるようである。

在明《ありあけ》の月夜《つきよ》をあゆみ此園《このその》の紅葉《もみぢみ》見にきつ其戸《そのと》ひらかせ（同）

平賀元義

「在明」は月が天にありながら夜の明けること、十六夜以後の月であるが、この場合は月の明るい夜ふけごろのつもりだろう。月の明るい晩に女のところへ行ったのだ。「紅葉見にきつ」といってはいるが、どんなに月が明るかろうと、紅葉の美しさは見えるはずがない。が、そうでもいわないではいかに元義といえどもばつが悪い。この歌は女にむかってお体裁をいった。よい月夜なので庭の紅葉を見にきた、さあ早く戸をあけよというのである。「其戸ひらかせ」と敬語をつかっているが、あけなさい、と命令しているような口調である。もしかしたらこうもあろうかと用意して作ってきたのか、あるいはそこで作った即興なのか、判じかねるけれど、これを女に歌って聞かせたことだけは確かなようだ。そんな口つきの歌である。

　万成坂岩根《まなりざかいはね》さくみてなづみこし此《この》みやびをに宿《やど》かせ吾妹《わぎも》

「ますらを」の好きな元義は、また「みやびを」が好きであった。この歌は岡山からそういう坂を越えたところにある宮内なる遊里の巷で、そこの貸座敷の門ごとに立って歌って歩いたといわれている。

　妹《いも》が家《いへ》の板戸《いたど》押《お》し開《ひら》き我入《われい》れば太刀《たち》の手上《たがみ》に花散《はなち》り懸《かか》る
　皆人《みなひと》の得《え》がてにすとふ君《きみ》を得《え》て君率寝《きみゐぬ》る夜《よ》は人《ひと》な来《きた》りそ

女のところへ遊びに行くにも太刀を佩《は》いて行く。あとの歌は得意思うべしである。吾妹子《わぎもこ》先生といわれただけあって、吾妹子の歌が多い。中でも「五番町石橋の上で」の歌は有名であるからいう必要もないだろう。
元義は備前岡山藩士だったが、脱藩して放浪生活をし、古学を修めた。直情径行、磊落不羈、まれに見る好人物で常軌を逸する行為が多い。逸話に富む。近世におけるめずらしき万葉調の歌人、慶応元年六十六歳で没した。子規によって見いだされ、茂吉に賞せられて世にあらわれた。その子規でさえが、その歌境狭く変化に乏しく、大歌人でないことをいっている。しかしそのまっ正直な歌と、人物が愉快だから、実質以上の歌人として喧伝されている傾きがある。正しくは平賀左衛門太郎源元義というのがその名である。

*

大宮《おほみや》の内《うち》まで聞《きこ》ゆ網引《あびき》すと網子《あご》ととのふる海人《あま》の呼《よ》びごゑ（万葉集巻三・二三八）

長意吉麿《ながのおきまろ》

意吉麿はまた興麿、奥麿などと記される。いかなる人かわからないが、歌から見てかなりの身分の人だったろう。人麿時代からやや後までの人かといわれている。これは詔《みことのり》に応《こた》え奉った歌であるが、天皇は持統か文武か、大宮は難波宮であることだけは確かなようだ。難波宮は孝徳天皇が「都を難波長柄豊碕《ながらとよさき》に移」し「難波長柄豊碕宮と号」したことからはじまるが、その宮跡が一九六四年春史跡に指定せられた。考古学者山根徳太郎博士が生涯をかけての発掘調査が日の目を見たのだ。これによって天武天皇が羅城を築き、文武天皇や元正天皇が行幸し、また聖武天皇がひとたびは皇都と定めた難波宮もみな同じところで、これら各時代の複合遺跡が今の大阪市東区法円坂町一帯の地とわかったのだ。中央放送局〔NHK大阪放送局〕の南側に当たる高台の地である。ついでだが、仁徳天皇の難波高津宮も多分ここであっただろうと、山根博士はおおかたの見当をつけられている。しかしそれはなお今後の研究調査にまつほかないとのこと。当時は今の大阪市内の低地は大部分が海であったようだから、この歌から判断すると、海岸で網を引きあげるために、網を引くものらの人数をそろえているのは、今の船場島の内へんであったかもしれない。そうすると漁師の大きな叫びごえは十分法円坂の上の皇居の内にまで聞こえるからである。宮跡が判明したことは、この歌を解し味わう上にもさまざまの利益があった。

応詔の歌は、どうしても儀礼的になりがちである。儀礼かならずしも悪くはないが、すぐれた作はすくないようだ。この歌は応詔は応詔でも表にあらわに帝徳を賛美したおもむきはない。皇居の内にまで聞こえてくる威勢のよい漁師らの声をいっただけだが、かえってりっぱな応詔歌になっている。大和の山国から行幸に従駕して難波の離宮に来たのである。海を見たよろこび、ものめずらしさも手伝って、さわやかな情景をありのままに歌ったのである。

苦《くる》しくも降《ふ》り来《く》る雨《あめ》か神《みわ》が埼《さき》狭野《さぬ》のわたりに家《いへ》もあらなくに（同二六五）

長意吉麿

神が埼（三輪崎）も狭野（佐野）も今は新宮市に編入せられたが、紀勢線で和歌山から新宮に着く一つ手前の駅が三輪崎であり、二つ手前の駅が紀伊佐野で、ともに人家にさえぎられるけれど車中より望みうる海岸の地である。「わたり」は「あたり」ではなく、渡し場で、海にも川にも用いる。この歌はむろん「降り来る雨か」と詠歎しているところがよいのであるが、「苦しくも」という語の意味内容、それに感じがどこか新味を思わせるからか、万葉集中の秀歌として新古今集時代でも評判がよかったらしい。それだからこれを本歌として藤原定家は、

駒《こま》とめて袖《そで》うち払《はら》ふかげもなし佐野《さの》のわたりの雪《ゆき》の夕《ゆふ》ぐれ

と詠んだ。そのためかえって意吉麿の歌が一般に知られるようになった。しかし定家の歌は口調はよいけれど、しょせんは机上の作である。空想的な模倣歌ではいかがするともはじまらない。いきいきとして実感みなぎる意吉麿の歌とは比ぶべくもないのである。

なお土屋文明は、「神之埼」をカミノサキと訓んで、和泉国の近木川河口付近だとし、近接した佐野市佐野の地のあるをいい出した。紀伊新宮付近では当時の交通路から推定して不

自然であるといい、和泉ならば紀伊行幸路の経路であるから、これは従駕の作者の歌として見ることができる、というのがその説である。もっともだから賛成したいようにも思うが、また「苦しくも降り来る」というような発想は、それが不便な辺境、紀伊の地であったればこそで、行路困難のさまが思いやられて、情景目に見ゆるごとき作である。

*

うつし世《よ》のはかなしごとにほれぼれと遊《あそ》びしことも過《す》ぎにけらしも
(歌集・川のほとり)
古《こ》泉《いずみ》千《ち》樫《かし》

十一首連作の「稗の穂」の中の一首だが、この歌の前にある佳作、
ひたごころ静《しづ》かになりていねて居《を》りおろそかにせし命《いのち》なりけり
でもわかるように、これは病臥中の歌である。千樫はこの前年、すなわち大正十三年に突然喀血《かっけつ》して肺病を宣告された。もともと頑健を自信していただけに打撃は大きかった。千葉県の田舎から東京に出て来て職にありついたものの薄給だった。毎日が苦しい陋巷《ろうこう》の生活だったのに、不治の病気にかかったのだ。自分を大切にせず、身体を乱暴に、ぞんざいにあつ

かって来たことを後悔している。この歌はそれのつづきで過去を反省している。「はかなしごと」は、はかなきこと、はかないことどもというほどの意だが、千樫の造語だろう。あるいは先用者があるかもしれぬが、よく定着している。ここはどうしてもこれでなければならないようだ。「ほれぼれと遊びし」はおおかたうつつを抜かして遊んだということだろうが、うかうかとしていた、迂闊だったというような思いもこめられてある。むろんこの世の中のことは何もかもがはかないのではないが、心が弱るとそういう気にもなるのか。酒はきらいな方ではなかったけれど、別に放蕩をしていたわけでない。四人の妻子をかかえて生きあえいでいたのだから「ほれぼれと遊びし」というほどのこともないはずだが、しかし千樫は詩人である。心のぜいたくな人だっただけに、外がわから見ただけではよくわからない。もしかしたら命をかけて作って来た自分の歌を、その歌の世界をいっているのかもしれないのだ。そう思うと結句の「過ぎにけらしも」の悲しみは深い。夜を徹して気ままに歌を作ったのも過去のことだ。今はそれも出来なくなったと歎いている。

おもてにて遊《あそ》ぶ子供《こども》の声《こゑ》きけば夕《ゆふ》かたまけてすずしかるらし

これも同じ時の作だが、おびただしい書物に狭ばめられた二階の室に臥ながら、涼しくなる秋を待ちかねていた。

秋《あき》さびしもののともしさひと本《もと》の野稗《のびえ》の垂穂《たりほ》瓶《かめ》にさしたり

「稗の穂」一連の作はいずれもすぐれているが、発表当時、中でもこれが一番好評だったと記憶する。「稗の穂」の題もこれによったのだから千樫も自信があったのだろう。しかしどことなく子規の歌に似ているようだ。むろん子規よりは一歩進んでいるが、今となってみると、この野稗の歌よりは「うつし世のはかなしごと」の歌の方が千樫らしい。本質的な歌人としての千樫をよくあらわしていると思われる。

ふるさとの最《もつと》も高《たか》き山《やま》の上《うへ》に青《あを》き草《くさ》踏《ふ》めり素足《すあし》になりて（歌集・青牛集）

古泉千樫

いったん健康をとりもどした千樫は、翌年三月姪の婚礼に列するために帰郷した。郷里は安房郡吉尾村。この時、「ふるさとの最も高き山」である「嶺岡山《みねおかやま》」というのにのぼった。三百メートルに達しない山だが、それでももっとも高い山に相違ない。健康を案じ案じのぼったことは同じ時の他の歌でわかるが、病気回復のよろこびは青草を素足で踏んでみたかった。その冷たい青草の感触をたのしみたかったのだ。幾年ぶりのことなのか。千樫は心ゆくばかり故郷の村を、その生家を見おろしていたことだろう。心の素直な歌で、感情が行きわたっていて、たれでもが同感する。

千樫は若くして左千夫の門に入りもっとも左千夫に可愛がられた人だ。しかし赤彦や茂吉とちがって、その全力を出しきらずして昭和二年八月、数え年四十二歳でなくなった。迢空は千樫は骨惜しみをするといったが、かなり怠惰なところもあったようだ。生活は苦しくても案外のんきであったという性格だろうが、その歌はだからして少しも暗くないのである。

＊

あしひきの山川《やまかは》の瀬《せ》の鳴《な》るなべに弓月《ゆづき》が岳《たけ》に雲立《くもた》ち渡《わた》る（万葉集巻七・一〇八八）

柿本人麿《かきのもとのひとまろ》歌集

巻七の「雑歌《ぞうか》」で、「雲を詠《よ》む」の題のついている二首目の歌。「あしひきの」は山の枕詞。「なべに」は語源「並べに」で、「と共に」「と一緒に」の意。この三音の「なべに」が耳に聞く「山川の瀬の鳴る」と、目に見る「弓月が岳に雲立ち渡る」とをみごとに結び合わせ、それからして一首を生動させた。ここを「鳴りにつつ」「鳴る時に」「鳴るゆえに」「鳴るなれば」「鳴りひびき」その他いくらでも変えてみるとよい。するとこれ以上の語のないことはたれにもわかる。「さっきから山川の瀬音が急に高まったと思ったら、弓月が岳に黒雲が立ちこめている。今にも驟雨《しゆうう》がやって来そうだ」というぐらいが表の歌意だが、かき曇って、あたりが急に暗くなって来たことや、降り出す前のはげしい風が吹いて草木のなびいているさまも同時に感じさせる。複雑な自然現象が、よく単純化せられ、いささかも遅滞するところがない。声調ゆたかに行きわたり朗々のひびきをもつ、稀に見る大きい歌だといってよい。

この歌の価値をいい出したのは左千夫であった。炯眼《けいがん》さすがである。それを門下の赤彦や茂吉がさらに称賛強調したことから、いつのほどにか集中での傑作のひとつと見なさるるに至り、今はだれも信じてあやしむものはない。けれども彼らがこれを人麿の作だと断定するかのごとき口吻には、やや疑問がある。これは人麿歌集に出ている歌だが、人麿歌集というのがそもそも謎だ。人麿の歌と思われるのもあるが、そうでなしに民謡風の歌がたくさんあることなどから、人麿個人の歌集でないことは明らかだし、それなら人麿が自分の歌と共に他人の歌をもいっしょに書き記したものか、それとも後にたれかが人麿の歌だといわれているものをひとまとめにしたものか、それも昔から色々の説があってよくわからない。けれども確かなことは、万葉集編纂者がこれを人麿の歌として取りあつかわなかったということだ。人麿の歌だとするだけの根拠が薄弱だったゆえだろう。

にもかかわらず、これは人麿の歌のように思われる。これほど堂々とした歌は人麿以外に作るものがないのだから、人麿の歌だと断定してもよいのである。彼ら先進の説に従っておいてよいのだけれど、それでも巻一、巻二、巻三などに出ている人麿の歌にくらべると、かなりの差異があるのに気づく。人麿の歌は、頌歌《しょうか》、相聞《そうもん》、挽歌《ばんか》はむろん羇旅歌《きりょか》にしてさえがあの太々しい生命力というのか、全人格的な火のような主情が一首を貫徹していて、純粋な意味の客観的な自然観照の歌などめったにない。あってもそれは連作の中の一偶然にすぎないので、この歌のような例はまったくないように思われる。しかも、これは二首とも同じ「雲を詠む」歌である。人麿時代よりはくだるのでないか。歌風は違うけれど赤人時代の方に近い。そう思うと表現の仕方も新しい。人麿の古調に似て非なるもの、人麿の歌の底力がないように思われる。一首目は、

穴師《あなし》川川波《がはかはなみ》立《た》ちぬ纒向《まきむく》の弓月《ゆづき》が岳《たけ》に雲居《くもゐ》立《た》つらし（同一〇八七）

結句を「立てるらし」と訓《よ》む人が多いが、私は今のような考えから、あえて「立つらし」の方をとっている。これもなかなかの秀歌である。

ぬばたまの夜《よる》さり来《く》ればまきむくの川音《かはと》高《たか》しもあらしかも疾《と》き（同一一〇一）

柿本人麿歌集

「川を詠む」の二首目の歌。「ぬばたまの」は夜、夕、黒、昨夜、今夜、夢、妹、月などの枕詞だが、ここでは夜、その黒い夜に掛かる。「夜さり来れば」は「夜になって来ると」である。わかりやすい歌で解釈を要せぬが、これも前と同じおもむきの自然観照の歌だが、四句から五句への調べが高く、また急速で、はげしくあらしの吹き出した暗夜のさまをさながらに思いしのばせる。これも人麿の歌だろうといわれているが、私の考えは前の歌と変わら

ない。

今は桜井市に編入されたが、もとは大和磯城《しき》郡纏向《まきむく》村。その纏向山を源とし、纏向山の前方部である穴師山と三輪山のあいを西に流れて初瀬川に入る川を穴師川とも纏向川ともいう。纏向山の一番高いところを弓月が岳というのだろう。私はその村の地理学者である大学教授の友人らと数回のぼったけれど、今はそういう山の名はないのだから判断するほかない。弓月が岳だから槻《つき》の木が、纏向の檜原《ひばら》だから檜《ひ》の木が繁茂していたのだろう。それが今は灌木の雑木林。穴師山はおおかたが蜜柑畑になり三輪《みわ》の檜原の三輪山も全体が松林である。おのずから水が流れ出ず、川も細く狭くなって当時のおもかげのないのは当然。それでもこの辺は大和平野では一番雷の多いところだ。夏から秋へかけてよく驟雨する。そんな日に出あうとよいのである。

九月

馬追虫《うまおひ》の髭《ひげ》のそよろに来《く》る秋《あき》はまなこを閉《と》ぢて想《おも》ひ見《み》るべし（長塚節歌集）

長《なが》塚《つか》節《たかし》

「初秋の歌」と題する連作十二首中第五番目の歌。前後に次のような作がある。

小夜深《さよふけ》にさきて散《ち》るとふ稗草《ひえくさ》のひそやかにして秋《あき》さりぬらむ
おしなべて木草《きぐさ》に露《つゆ》を置《お》かむとぞ夜空《よぞら》は近《ちか》く相迫《あひせま》り見《み》ゆ
芋《いも》の葉《は》にこぼるる玉《たま》のこぼれこぼれ子芋《こいも》は白《しろ》く凝《こ》りつつあらむ

節の代表作としてよく問題にされる。いずれもが傑作で、優劣はにわかにきめられないが、なお私はこの歌をこそ節のもっとも節らしき作として推奨する。ウマオイは関西ではスイッチョなどとも呼ぶが、それは鳴きごえから来ている。むし暑い夏の夕べにその声を聞くと、にわかに涼味を覚え、たちまちにして秋の気を感じる。初秋の感はウマオイの声にきわまるといいたい。そのウマオイがあの長い触角、その髭をうごかしながらやって来た。それを「髭のそよろに来る秋は」と表現した。「そよろ」はそろりと、ゆるりと、おもむろに、というほどの意だが、やはり「そよろ」でないとぴったりこない。だからどこに来たのかなどの愚問を発してはならない。それは庭の木の茂みに来るだけでない。縁がわに来ることもあり、机の上に来ることもある。じっとしている時でも絶えず触角を動かしている。そういうウマオイを節は子供のころから知りつくしている。あえて写生しようとして写生したのではなく、巧まずしておのずから調べに出て来たかのごとく、天衣無縫を思わせる。とくに下句「まなこを閉ぢて想ひ見るべし」は、上句の繊細に似て、しかも的確なる表現と渾然相和し、冥想にふけっている作者の姿勢をさえも感ぜしめる。清澄限りなき希有の高品、これをこそ真の象徴歌というのであろう。

節は子規の門に入って伊藤左千夫を知った。子規の没後、写生説では左千夫と食い違いがあって論争することもあったが、次第に自分の非を改めて、左千夫の主観を重んずるの説に賛成し、左千夫の「叫び」の説に対して、「冴え」「品位」を強調するようになる。この歌はその期間の作で、それらの主張がさながらに具現せられていると見られる。私がいま、写生しようとして写生したのでない、といったのは、その初期の写生一点張り、客観以外に出られなかったころに比べてそういうまでで、むろん写生が基本である。写生は大切だが、それにとらわれると節のような人でも誤りをおかしたのである。この歌は明治四十年、節二十九歳の作、今の三十歳前後の歌人たちは以てよく考え合わせるとよい。

白埴《しらはに》の瓶《かめ》こそよけれ霧《きり》ながら朝《あさ》はつめたき水《みづ》くみにけり（同）

長塚節

大正三年、節三十六歳、死ぬ一年前の歌である。五月からアララギに連載しはじめた「鍼《はり》の如く」其一の冒頭に見える。茂吉によると節は「僕の歌に対する考はこんなものだ」といってこの歌を示したそうであるが、節のいわゆる「冴え」「品位」のよく感じられる歌で、自信があったのだろう。この歌には「秋海棠《しゆうかいどう》の画に」と詞書《ことばがき》がついている。それは病中世話になったお礼のため、平福百穂《ひらふくひやくすい》の描いた袱紗《ふくさ》の画に賛《さん》をして久保猪之吉《くぼいのきち》夫妻に贈った一首である。画賛の歌などは美辞麗句に終わりがちだが、これは実感のこもる真率の作で、シュウカイドウを活けるには白磁の瓶がよく似合うと考えている。それはやはり高い趣味性から来ているが、その瓶に霧といっしょに朝の冷たい水を汲んだといっている。井戸水とはいっていないが、これは流れの水ではなく、深い掘りぬき井戸の水である。「霧ながら」「水くみにけり」の調べにそれが感じられる。

節と左千夫はあらゆる点で対蹠的だった。左千夫は人柄としては大様で鈍重、単純とも見える熱情家であったが、節は神経質で敏感、ときに冷厳でさえあった。左千夫はでっぷり肥っていたが、節は痩身病弱だった。「叫び」と「冴え」ははっきりと両者を区別する。その主張通り作品はいちじるしく違っていた。人それぞれの好みもあろう。が、私は左千夫よりは節の純粋な澄徹の高品を愛する。節には弟子がなかったのに反し、左千夫の門下からは赤彦、茂吉、憲吉、千樫、文明らの俊秀が相次いで出た。節は孤高の人だった。

*

妹《いも》が家《いへ》も継《つ》ぎて見《み》ましを大和《やまと》なる大島《おほしま》の嶺《ね》に家《いへ》もあらましを（万葉集巻二・九一）

天《てん》智《ち》天《てん》皇《のう》

天智天皇が鏡王女《かがみのおおきみ》に賜わった御歌である。一首の意は、「あなたの家をも絶えず見ていたいものだ、大和の大島の山の上にその家があってくれるとよいのだが」というぐらいだろう。「家も」と同じ語が重ねてある。「見ましを」「あらましを」と「ましを」が繰り返されてある。語を揃え、調子をととのえてあるのはわかる。それでも結句に疑問を持った。これでよいのかといろいろ先人の説もしらべてみたが、なおよく納得できなかった。それがいつのまにかこの古調を愛するようになった。思う心をそのまま調べにのせて飾るところがない。かえって無限の妙味を感じるようになった。

この「大島の嶺」は今は所在を失っているが、大和と河内との境、高安山《たかやすやま》へんだろうかといわれ、また鏡王女の家はその山に近い平群《へぐり》の郷にあったと考えられている。その大島の嶺をいうのに「大和なる」と説明されている。同じ大和の地から歌われたのなら、わざわざそれとことわるまでもないことだから、これは難波かまたは近江から歌われたとすべきである。斎藤茂吉などは近江からだとし、そうしてこれは鎌足薨去《こうきょ》後、王女が大和へ帰っていたのに対して贈りたもうたのか、などといっている。しかし王女は若いころから天皇に寵愛されていたが、懐妊中を下されて鎌足の正妻になった人である。その人が鎌足に死別して服喪中である。安否を問われるならともかく、かような相聞恋歌をおくられるはずはないと思われる。それに天皇も鎌足の死後わずか二年で崩御なされている。近江から歌われたのではないだろう。大津の宮からは大和の山は見えないのである。

これは天皇が皇太子として孝徳天皇の難波の宮におられた時分の御歌だろう。難波の宮からは信貴《しぎ》、高安、生駒の山々は一目に東に眺められる。けれども恋しい王女の家は山のむこうがわ、大和の平群だ。そこで王女の家が高安山の上にあったなら、いつでも見られるだろうに、と恋いしのばれているのである。何も巻一記載の「近江大津宮御宇天皇代」にこだわらずともよい。天皇の皇太子時代は孝徳天皇、斉明天皇に仕えて十四、五年にも及ぶ。しかも斉明天皇崩御後、近江へ遷都されたのは、その六年目であり、即位されたのは七年目である。そうして十年目には崩御なされている。それらのことを考えると、この御歌は難波の宮における皇太子の壮年時代のお作にちがいない。私の考えは新考（井上通泰）の説に近いが、また違ってもいる。

秋山《あきやま》の樹《こ》の下《した》がくり逝《ゆ》く水《みづ》の吾《われ》こそ益《ま》さめ御思《みおもひ》よりは（同九二）

鏡《かがみの》王《おお》女《きみ》

右の天皇の御歌に鏡王女の和《こた》え奉った歌である。「秋山の木の下を隠れつつ流れゆく水の水かさがだんだんふえるように、私のあなたをおしたいする思いはあなたの私を思い下さるよりは一層多いのでございます」というのである。三句までが序詞だが、序詞らしいおもむきの少しもしない、これはこれだけでもしずかな秋をよく表現していて、もみじした木の下を流れゆく水が見え、その音さえ聞こえるようだ。それにこの下の句である。「吾こそ益さめ御思よりは」のつつましさ。心くばりが行きとどいていて、しかも情緒はこまやかである。甘美で幽艶、この上もなく品がよい。天皇への和《こた》え歌ということもあろうが、この歌などとくにすぐれていて、女性歌のよさを最高限に示したものと思われる。

しかし一般には妹の額田王《ぬかたのおおきみ》の歌の方が評判がよい。それは歌が派手で、また大柄である。調べもゆたかで堂々としているから当然といえば当然だが、姉妹の歌ふうはまったくちがう。これは性格のちがいから来ているので、一概にはいえぬことだが、私は姉の鏡王女の歌に同情している。好き嫌いだけからいうのでない。王女の歌の方がどことなしに近代的な新しさがあると思っている。歌だけからしても妹よりはおとなしい人だったようだ。その墓は桜井市忍阪《おっさか》、舒明天皇陵の奥がわにある。それは鏡のような円墳だが、その左上の古墳らしい丘があるいは額田王の墓でないかと思ったりもする。

＊

おほてらのまろきはしらのつきかげをつちにふみつつものをこそおもへ

（歌集・鹿鳴集）
会津《あいづ》八一《やいち》

「唐招提寺にて」の詞書があるが、なくても唐招提寺の歌だということはたれにもわかる。「まろきはしらのつきかげをつちにふみつつ」というのでわかる。唐招提寺金堂は、四柱造《しちゆう》り本瓦葺《ほんかわらぶき》の屋根の美しさもさることながら、特徴は基壇の上、正面一間を吹き放しにした八本の列柱にある。柱にはわずかだがエンタシス（ふくらみ）があり、柱間は中央が広く、漸次左右が狭くなっていて大様《おおよう》だ。吹き放しだから月はななめに列柱に射し込む。この歌はいつ時分の作なのか。八一の自釈によると、法隆寺で夜となり、バスで奈良へ帰る途中、立ち寄った時の作だとあるが、季節を記していない。けれども「つきかげをつちにふみつつ」だからよい月夜だったに違いない。それに「ものをこそおもへ」である。ものを思う、ものが思われるの意を強調したので、それはやはり秋だったのではあるまいか。私には中秋名月ごろのように思えてならない。

金堂はむろん戸をしめていた。盧《る》遮那《しゃな》仏《ぶつ》も左右の千手《せんじゅ》観音、薬師如来も拝されないことは承知の上だ。それでも山内を歩きたかった。おりから月は木の間を離れて中天にあった。あの白砂の庭を徘徊しつつ、また基壇にのぼって、あるいは柱に身をもたせて時の経つのを忘れていた。この「つちにふみつつ」は基壇であってもかまわないが、やはりその下、砂庭をうつむきかげんに足をしのばせて歩いている感じだ。夜もふけたこととて柱の月かげは東がわにまわっていたはず。正面南がわでないことはむろんだが、金堂東がわの砂を踏んで、八一は講堂の方へ歩いて行ったのだろう。

唐招提寺では毎年中秋名月の夜に、観月讃仏会《さんぶつえ》をいとなむ。金堂に螢光灯を入れて扉を開け放つ。南門を入ると青光にしずまる三尊諸仏がただちに拝され、荘厳まことに限りもない。昼間より来て咲きたわむ萩を賞するのもある。本年は第十回目、奈良興福寺旧一乗院宸殿を移した新御影堂《みえいどう》も完成したことだから、例年にまさる奥ゆかしい行事となるだろう。およそ唐招提寺の趣向は、その山内の清きがごとく、何ごともみな美しくして高尚である。さすがは鑑真《がんじん》の寺である。当夜はたれでもこの歌と同じ心になるのか、たくさんの人が来ているのに砂を踏む足音だけ、少しも騒がしくない。この歌の碑は金堂の西がわ、廻廊あとにひっそりと立てられてある。

毘楼博叉《びるばくしゃ》まゆねよせたるまなざしをまなこにみつつあきののをゆく（同）　会津八一

「戒壇院をいでて」とある。戒壇院は大仏殿の前庭に鑑真が中国五台山の土をもって築いたのが、後に今の大仏殿の西がわの地に移されたといわれ、有名な四天王像が遺っている。それぞれ等身大の塑造《そぞう》だが、類まれな傑作として評判が高い。「毘楼博叉」は梵語《ぼんご》で広目天《こうもくてん》をいう由だが、堂の西北隅に立っていて、この歌のとおりひたいにしわを寄せ、眉をきつくひそめている。四天王中また一段とすぐれていて、たれの心をもひきつける。この歌はその広目天が忘れられず、戒壇院を出て、秋日照る春日野の方へ歩いて来ても、その「まゆねよせたる」目が忘れられない。いつまでもついて離れないのを「まなこにみつつ」といった。ちょっととまどわされるようだが、よく読むとこれでよいので、かえってよく調べられてあることに気づく。

この毘楼博叉は例外だが、八一の歌はほとんどといってよいほどみな仮名書きである。これは日本語の性質なり調べを重視することから来ている。確かによく調べられていて独特の歌風を思わせるが、正直いって読みづらい。一度ぐらいでは意味さえつかめない。そこで息を入れて繰り返し読むということになるが、かつて私はその歌を人をして漢字まじりに書きかえさせたことがある。すると急にその独自性のうすらぐのを感じた。やはり世間なみの表記法によるべきでなかったか。八一は渾斎《こんさい》とも秋艸道人《しゅうそうどうじん》とも号していた。とくに大和古社寺の歌で知られている。

*

暁《あかつき》のゆふつけ鳥《とり》ぞあはれなるながきねぶりをおもふ枕《まくら》に　（新古今集）

式子内親王《しきしないしんのう》

「ゆふつけ鳥」は鶏《にわとり》のこと。世に騒ぎのある時など、四境の祭とて鶏に木綿を着けて、京都の四境の関《せき》で祭ったことから来ている。「木綿附鳥」の字を用いていたが、いつのほどにか「ゆふつげ鳥」といい「夕告鳥」の字を当てるようになった。これは誤ったのではなく、鶏は刻を告げる鳥だから、この方がかえって鶏をいうにふさわしいと思われ出したからだろう。それでこの歌も「夕告鳥」と読んでもかまわないわけだ。「ながきねぶり」は無明長夜《むみょう》というふうに解されている。これは仏教の語で、明りなく暗きこと。転じて煩悩《ぼんのう》が理性を眩《くら》まし、妄念の闇に迷って法界に出ないことをいう。そこでこの歌の意は、「夜明けを告げて人の目を覚まさせる鶏の声が、無明長夜を嘆いているわが枕に悲しく聞こえて来る」ということになる。私はそれでよいと思っているけれど、その鶏の声は心の迷いを覚まさせるために鳴くかのごとく聞こえる心を歌ったのだという人もある。煎じつめるとそういうことになるのかもしれないが、しかし「ながきねぶり」は文字通りに、永久の眠り、すなわち死を願っているのだと受けとってもよいわけだ。乱暴だなどというなかれ、それには理由がないわけでない。

これは正治二年に後鳥羽院が召された初度百首に奉られた歌の一つだが、三年前の建久八年には橘兼仲《かねなか》夫妻らの陰謀に連坐して危く厳刑に処せられるところだった。内親王のゆえにようやく洛中にとどまりえたが、出家して尼になられたのはいつごろだろうか。事件に関係あるかと思うが、その時期はわからない。けれどもこの歌を作られた前年ごろからは持病が次第に悪化していたようだ。内親王は後白河天皇の第三皇女としてお生まれになったが、物心がつくと斎院として賀茂神社におくられた。斎院は神聖なる神に奉仕する巫女《みこ》だから処女でなければならない。後に病を得て退出されたけれど、生涯ついに独身だった。その病はどこから来たか、その謀計に組みされたのは何がゆえか、出家して尼になられたのもわかるような気がする。それも新古今集中第一の才媛だ。その若き日のすぐれた歌のかずかず、とくに情熱的で理知的、幽艶哀切限りないいくつかの恋歌を見て来た目には、これが同じ人の歌かと疑われるほどだ。さびしい歌だ、悲しい歌だ。その心のうちが思いやられて涙が流れる。けれどもこれは傑作だ。晩年の傑作である。他の学者や歌人がどういおうと、私は信じて疑わない。それは新古今集などという歌風や時代を越えている。もう一首ある。

閑《しづか》なる暁《あかつき》ごとに見《み》わたせばまだふかき夜《よ》の夢《ゆめ》ぞかなしき（同）

式子内親王

「百首歌の中に、毎日晨朝入諸定の心を」の詞書がある。「毎日晨朝《じんちょう》に諸定《しょじょう》に入る」は、地蔵延命経の語。「晨朝」は午前六時で朝の勤行《ごんぎょう》。「諸定に入る」は禅定《ぜんじょう》に入って心身を澄ませて念じること。一首の意は、「しずかな暁ごとに起きて禅定に入ってゆくけれど、まだ夜ふかい感じで夢から覚めきらぬ思いがして悲しい」というおもむきである。これを深い煩悩の夢から覚めきらずに、悟ってしまえないのが悲しいと解するのは、詞書の心を汲んで親切ではあるが、こだわりすぎると詩情を殺《そ》ぐ恐れがある。「見わたせば」などの三句をどう解するのか。そこらあたりを、禅定の中を、自分自身を、と解して間違いでないが、なおそれだけでは不十分だ。こういうのは直観で感じとるほかないのである。人生をあきらめ、長夜の眠りを念じている人の歌だ。運命とはいえ、皇室制度の犠牲になって、一生を台無しにし、病身ついに出家して尼となった人の歌ではないか。煩悩も悟りもあったものではない。何もかもから抜け出して、ただしずかな死を待っている。その心を汲みとって、もっと純粋にことばのままを、そうしてそこからにじみ出るだけを感じとればよい。前の歌とともに、こういうのをこそ真の象徴歌というのであろう。当代は才媛時代だが、だれも式子内親王には及ばなかった。じつに抜群の天才だった。それは前代の天才和泉式部と双璧の感があるが、運命はともに仏門に入り尼になって不遇の生涯を閉じた。内親王の法名は承如法《しょうにょほう》と申し上げる。

＊

萩寺《はぎでら》の萩《はぎ》おもしろし露《つゆ》の身《み》のおくつきどころここと定《さだ》めむ（萩之家歌集）

落《おち》合《あい》直《なお》文《ぶみ》

萩には露が置く。露ははかないもの。はかないのは人の身であるから「露の身」といい、その縁語から露の「置く」を掛け詞として「おくつきどころ」といった。古い技巧のようだが、さすがである。それがそれと目立たないのも、またいやみを感じさせないのも、清く歌われている心のゆえばかりではない。やはりずいぶんと苦労し、推敲を重ねていたのである。

もとこの歌の上句は「萩寺は萩のみ多しわれ死なば」であったのが、のちにこのように改作されたので、それは『萩之家歌集』巻頭に出ている原稿の写真版でわかる。直文はこの歌に自信があったのか、〻〇〇の印を付している。

直文は萩がたいそう好きで、のちにはみずから「萩之家」といったほどで、いく度か居を移しても必ず庭に萩を植えていた。だから没後に出た歌集も遺稿もともに「萩之家」を冠している。この歌は年譜によると「明治二十六年（三十三歳）十月、弟鮎貝槐園《あゆかいかいえん》、門生与謝野寛と共に、江東萩寺に遊び萩を賞す」とあってこの歌が見えるが、のちに改作して寛の『明星』誌上に発表された。萩寺は東京都墨田区吾嬬町柳島にある龍眼寺のことだが、萩の名所で聞こえている。むかしは辺鄙《へんぴ》なところで物騒だったようだ。よく追剝《おいはぎ》が出るので剝寺《はぎでら》と呼ばれていたのを、一計を案じた住職が境内に萩を植えたのが図に当たった。落語みたいな話だけれど、萩寺の萩は有名である。それで萩の好きな直文も見に行ったというわけだが、この萩の歌はむろんすぐれているから直文の代表作には違いない。しかしそれが碑に刻まれてその寺に建ったことが、いっそう寺を有名にした。この歌碑は昨年改修せられた。戦災で損傷していたのを尾上柴舟門下の人々によって建てなおされた。柴舟は鉄幹よりはおくれるけれど、金子薫園と共に直文門より出ている。そうした関係から孫弟子らの手によって面目を一新したということだ。萩が好きだっただけに萩の佳作が多い。

このままにながく眠《ねむ》らば墓《はか》の上《うへ》にかならず植《う》ゑよ萩《はぎ》のひとむら

庭《には》ぎよめはやはてにけり糸萩《いとはぎ》をむすびあげたるその縄《なわ》をとけ
あたらしくたてし書院《しよゐん》の窓《まど》の下《した》にわれまづ植《う》ゑむ萩《はぎ》のひとむら

その歌の願いどおり、青山墓地の直文の墓前には萩が植えてあるそうである。

父君《ちちぎみ》よ今朝《けさ》はいかにと手《て》をつきて問《と》ふ子《こ》を見《み》れば死《し》なれざりけり（同）

落合直文

直文三十九歳、「明治三十二年の春、病にふしてよめる歌どもの中に」の詞書ある十九首中の一首である。

わが歌《うた》をかきてと人《ひと》に乞《こ》ふばかり病《やまひ》おもくもなりにけるかな
寝《ね》もやらでしはぶくおのがしはぶきにいくたび妻《つま》の目《め》をさますらむ

このすぐ前に並ぶ佳作だが、なおこの歌の方がすぐれている。直文の代表作として聞こえ高いが、これを見るとたれでも島木赤彦の歌を思い出すはずだ。

隣室《りんしつ》に書《ふみ》よむ子《こ》らの声《こゑ》きけば心《こころ》にしみて生《い》きたかりけり

赤彦の代表作の一つだが、どちらがすぐれているか今はいうまい。しかし「死なれざりけり」というも「生きたかりけり」というも人間真実の声である。歌風や時代を越えてともによむものの心をうつ。そこで思われるのは赤彦の師が左千夫であり、左千夫の師が子規であり、その子規より先輩だったのが直文であるということだ。年齢も上だし、明治の和歌革新でも一歩早かった。けれどもその歌が今ひとつ不徹底であり微温的であることは、門下の鉄幹さえがいうほどだから、たれでも知っている。だからといって直文を軽んじることは誤っていよう。一口に古いというものも多いようだが、いうはたやすかろう。それでも直文は明治の大先進だった。どうしてなかなか手ごわいものも蔵しているのである。

*

時《とき》によりすぐれば民《たみ》のなげきなり八大竜王雨《はちだいりゆうわうあめ》やめたまへ（金槐《きんかい》集）

源《みなもとの》　実《さね》　朝《とも》

「建暦元年七月洪水漫天、土民愁嘆せむことを思ひて一人奉向本尊、聊致祈念」との詞書がある。それは相模《さがみ》の大山の阿夫利《あぶり》神社に祈念したので、今でもその末である八大竜王社がのこっている由である。八大竜王は仏教では天象風雨を支配する神で、難陀《なんだ》、跋難陀《ばつなんだ》、娑伽《しやが》羅《ら》、和修吉《わしゆきつ》、徳叉迦《とくしやか》、阿那婆達多《あなばだつた》、摩那斯《まなし》、優鉢羅《うはつら》の八王をいう。建暦元年七月とあるだけで何日であったかわかりかねるが、新暦では八月中旬ごろから九月中旬ごろまでということだから、台風期である。洪水漫天は、豪雨の降りつづいているさまであり、土民愁嘆は、百姓のなげきをいっているので、その生活をうれえている。その秋の稔りを心配しているようだ。実朝は将軍である。鎌倉幕府の征夷大将軍なのだから、その立場からすると民衆はすべて民であり、また土民であったのだろうが、なお百姓をいう場合は土民であった。けれども歌の中ではそれを民といっている。

この歌は三句切れになっている。この「なげきなり」の「なり」が心深く感じられる。ひたすらに祈願している心の声である。しかるにある学者が講演のおり、両三度もこれを「あり」といった。意味は通るけれど、月とすっぽん、「なり」と「あり」との違い、その微妙なところがわからなくては歌を論じる資格がない。正岡子規が「八大龍王と八字（八音）の漢語を用ゐたる処雨やめたまへと四三の調を用ゐたる処皆この歌の勢を強めたる所にて候」といっているのはさすが肯綮《こうけい》にあたっているが、こういう口つきはやはり将軍である。一心をこめて神に祈りながら、しかも神にむかって命令しているかのような口吻である。そう思うのは私だけであろうか。そうではあるまい、実朝は頼朝と政子との子である。どちらに似てもただものであるはずがない。歌が好きで十四歳ごろから熱心に作り出したということや、またわずか二十八歳であのような横死をとげたことなどから、あるいは軟弱の性をいわれたりするが、歌を見ただけでわかる。どうして大した傑物である。この歌はむろん実朝の代表作の一つだが、将軍としての貫禄は十分である。同時にそういう条件を抜きにしても、やはり希有の傑作である。

実朝の歌は昭和五年、佐佐木信綱が「定家所伝本金槐集」を発見したことによって、その歌はすべて二十二歳までに作られたということがわかった。今日ではこれが定説となっているが、早熟といえばじつに早熟、古今に例を見ないほどだが、やはり人間であり、環境であり、時代であったと思わせられる。この歌が数え年二十歳の人の作とはどうしても信じられない。それでも事実であった。奇蹟のごとく思われる。

萩《はぎ》の花《はな》くれぐれ迄《まで》もありつるが月出《つきい》でて見《み》るになきがはかなさ（同）

源　実　朝

日の暮れるまで萩の花は美しかったが、月の光ではそれが見えなくなったというだけの歌である。何でもない歌のようだが、物をよく見ている。この時代としては新しい見方である。現代人に通じる詩情である。この歌を見て、なるほどそうだったと気づく人も多いのではないか。しかしこの歌はそれをはかないと観じている。そこにその時代の無常感が出ているので、実朝といえども時代の子であるといわれたりする。またこれは実朝が源氏の運命を、否、自分の運命を予知しての歌なのだろうと、いおうとすればさまざまにいえるが、これは表にあらわれただけを美しとし、はかなしとしてその詩情にとけこめばよい。この歌を好きだといったのは小林秀雄であったが、子規はむろん茂吉も秀歌の中に数えていない。

実朝は定家から万葉集をおくられて読んだし、万葉調の歌もあるけれど、やはり古今・新古今ふうの歌が多い。子規などはその万葉調の歌をとくに推奨したが、その時代の古今・新古今ふうの歌の中にもすぐれた作が多い。この歌などもやはり古今・新古今ふうというのか、そこへ万葉調も加わっているが、畢竟は実朝調といってよいのである。川田順は『金槐集』を分類して万葉体六〇、古今体四八一、新古今体一七四、独自の体二七という数を出したが、これは見るものによっては幾らでも動く数である。参考までにあげておくのである。

十月

わが背子《せこ》を大和《やまと》へ遣《や》ると小夜《さよ》深《ふ》けてあかとき露《つゆ》にわが立《た》ち濡《ぬ》れし
（万葉集巻二・一〇五）
大伯《おおくの》皇女《ひめみこ》

「大津皇子《おほつのみこ》、竊《ひそ》かに伊勢の神宮に下《くだ》りて上り来ましし時の大伯皇女の御作歌《みうた》二首」と詞書《ことばがき》ある一首目の歌。大津皇子は天武天皇の第三皇子、母は天智天皇の皇女の大田皇女（持統天皇の姉）。幼少より好学博覧、才藻《さいそう》を謳《うた》われる。雄弁で度量が大きく、体軀堂々として多力、武技をよくして抜群の大器であった。天智天皇にとくに愛され、天武十二年には朝政をきくほどだったが、新羅の僧行心が骨相を見て、臣下にとどまっていたのでは身辺が危いといったので反逆を企てる。持統天皇の朱鳥元年十月二日発覚、翌日死を賜わった。天武天皇崩御後わずか二十余日であった。この反逆事件は皇子をおとしいれるために仕組まれた陰謀であったともいわれる。大伯皇女は大津の同母姉。備前の大伯の海で生まれたからその名がある。十三歳で伊勢の斎宮となったが、皇子より二つ年上、この時は二十六歳である。

この詞書の「大津皇子、竊かに伊勢の神宮に下り」がやはりただごとでない。天武天皇崩御のあと、皇位をねらった皇子は伊勢神宮の神意をただす必要があったからだろう。仁徳天皇の兄妹の隼別《はやぶさわけ》と女鳥王《めとりのおおきみ》の場合も同じであった。「ひそかに」伊勢にお参りしたのでは、こうした地位にいる人としては謀叛の意思があると見られても仕方なかったのであろう。姉の大伯皇女はそれをうちあけられて、さぞかし驚いたことと思われる。これはその皇子の大和へ帰るのを送る歌である。弟である皇子に対して「わが背子」といっている。これは今の考え方では合点しかねるが、当時は男のがわからは女きょうだいはすべて「妹《いも》」であり、女のがわからは男きょうだいはまたすべて「背」であった。夫婦や愛人間だけの称ではなかったようだ。わが弟の君を大和へ帰らせようとして夜のふけるのを見送っていて暁の露に濡れた、というのである。「あかとき」は原文で鶏鳴と書かれてあり、また他の歌に五更と書かれているのもある。鶏鳴は午前二時から四時まで、五更は四時から六時までであるから、いずれにしても夜ふけから夜明けへかけて、心配そうに見送っていたのであろう。「大和へ遣ると」は帰らせるというような心がこもっている。早く帰るようにと心をつかっているおもむきが感じられる。けれどもこの歌は、反逆事件などを考えずに読むと、きょうだい愛というか、それ以上に恋愛情調に似たようなものが感じられる。それがこの歌の心である。

二人行《ふたりゆ》けど行《ゆ》き過《す》ぎがたき秋山《あきやま》をいかにか君《きみ》が独《ひと》り越《こ》ゆらむ（同一〇六）

大伯皇女

二首目の歌である。ふたりともどもに行ってもさびしくてなかなか通り過ぎにくい秋の山を、いまごろ君はどんな思いをしながら一人越えていることであろうか、と大和へ帰る皇子をしのんでいる。秋の山はさびしいものだ。そのさびしさとともに道のけわしさをも「行き過ぎがたき」にそれとなくいいふくめてあるようだ。大事を企てている皇子の心中をおしはかり、心配しているおもむきは前の歌以上に切々として感じられる。これも恋愛情調の強く感じられる歌で、現代式に評するならばあまい歌ということになるのであろうが、さすがは古代である。まっ正直にたがいに信頼しあっている姉弟の心は、そういう語をさしはさむすきをあたえない。単純だけれど心がみちみちている。

すでにいった通り、天武天皇が崩御せられ、大津皇子の謀叛が発覚して死を賜わるまでわずか二十日余である。その二十日余の間に皇子は伊勢へ行って帰って来たことになる。帰って来ると反逆罪が待ちかまえていた。持統天皇の決断による。処罰は仮借なく行なわれた。まことに電光石火、一夜のうちに事は終わった。皇子の辞世、皇女の挽歌は読むものの涙をしぼらせる。この二つの歌はその悲劇の序をなすものである。

＊

鳳仙花照《ほうせんくわて》らすゆふ日《ひ》におのづからその実《み》のわれて秋《あき》くれむとす（歌集・片われ月）

金《かね》子《こ》薫《くん》園《えん》

ホウセンカは鶏頭とともにその名に似ず鄙びた花である。夏から秋へかけて軒ふかい農家の庭さきあたりによく咲いている。悲しきばかり日本の風土を思わせる花で、その莢《さや》のような実は自然に割れて茶褐色の種子をはじきとばせる。この歌はそういう状態に目をとどめて、何の作意を加えることもなく、たんたんと歌いあげて静かな晩秋の感を出すに成功した。これについて作者の自注がある。「明るい、乾いた大気の中に実のはぜる音を一首にひびかせたのです。秋のさびしさではなく、秋の明るさ、さやけさを現はしたものでなければなりません」といっている。たしかにそのいう秋の明るさ、さやけさが現われていて同感させられる。

処女歌集『片われ月』の巻頭に近いところに出ている歌だ。『片われ月』は明治三十四年一月の発行。薫園二十六歳になったばかりだから、これは二十歳をいくつも出ないころの作

なのだろう。それを思うとやはりなかなかの才人だが、『片われ月』巻頭の

あけがたのそぞろありきにうぐひすの初音《はつね》ききたり藪《やぶ》かげの道《みち》
おぼろ夜《よ》を何《なに》とはなしにひと枝《え》をりてもたせてやりぬ白桃《しろもも》の花《はな》
駒《こま》ながらうたを手《た》むけて過《す》ぎにけり関帝廟《かんていびょう》のあけがたの月《つき》

などとはかなりおもむきを異にしており、かえって根岸派の歌風に近く、子規の歌に似ているかと思わせるところがある。これは不知不識のうちに子規の影響を受けたのだろうが、しかし薫園の歌は子規風の歌には染まなかった。その師である落合直文の衣鉢《いはつ》を継ぎ、そこに若干の新味を加えたというぐらいで、その歌風は『片われ月』に序や跋を寄せている直文、大町桂月、鉄幹、それに柴舟、服部躬治《もとはる》にしても清麗温雅、内容は淡、形式は雅などといって、その特徴を自然味ある温雅なおもむきにあるとしている。たしかにそれが薫園の持ち味であり本領であって、生涯ほとんど変わることがなかったけれど、その秀歌をえらぶとなると、皮肉にも子規風の写生歌に近いと思われる作に傾きがちなのはなぜだろう。一口にいえばその歌は温雅だけれど突き込みがたりない。対象への食い入り方が弱いようだ。詩心の充実に乏しく強い律動感がないように思われる。「あけがたのそぞろありき」の歌などは、当時薫園の代表作のようにいわれたものだが、今日となってみれば色あせた感じ。どこか古風で、古今集を現代に歌いかえたのではないかと思うほどである。かえってこのホウセンカの歌に本当の薫園が出ている。薫園のよさを代表する一首である。

秋《あき》の昼《ひる》の小島《こじま》に石《いし》を切《き》る音《おと》のしづけき海《うみ》をひびかせにける（歌集・草の上）

金子薫園

大正三年二月刊行の第七歌集『草の上』に出ている。第六歌集『山河』の出たのは明治四十四年だから、この『草の上』は薫園三十六歳から三十九歳までということで、意気最も盛んなころの歌だ。少年時代に母から古今集の歌を子守うたのように聞かされ、それから直文に師事して浅香社に入り、佐藤橘香（義亮）を識って『新声』（新潮の前身）の歌壇を担当するようになったころからすると、この時分は歌詞歌調も平明になり、叙景歌とともに身辺の雑事も多く歌って、薫園調ともいうべき歌風がかなりはっきりするに至っている。処女歌集もそうであったが、矢つぎばやに出た歌集はすべて『新潮』を読む文学青年の間に人気があった。これは「灯台」と題する六首中の歌だが、しずかな声調の、かつ明るい心の歌である。下句「しづけき海をひびかせにける」がこの歌の生命だが、おおざっぱなどというなかれ。のびのびと屈託なしに歌っているのがこの歌のよいところ。薫園は生涯老熟したようなおもむきの歌は作らなかった。わりあいにその歌の品はよいのである。

＊

紀《き》の国《くに》の高野《たかの》のおくの古寺《ふるでら》に杉《すぎ》のしづくを聞《き》きあかしつつ（良寛全集）

良《りよう》寛《かん》

「たかののみてらにやどりて」の詞書がある。一首の意は、「紀州の国の高野《こうや》山金剛峯寺《さんこんごうぶじ》の奥の古寺に参籠して、老杉から滴り落ちる露しずくの音を聞きながら一夜明かした」というのである。三句「古寺」までの一、二句は、その古寺をいうための説明だが「の」の助辞を四つも重ねてあるにかかわらず耳ざわりでない。かえってはるばると高野山の奥まで来たという感慨をもよおさせるのは、これにつづく「杉のしづくを聞きあかしつつ」の秀句あるがゆえだ。何でもないことばのようだけれど、こうはなかなかいえないものだ。

雨雲に濡れた深山の老杉は昼となく夜となくしずくしている。しとしとと絶えまもあらぬその音を「聞きあかしつつ」と現在形でいった。たくらみのない素直さである。おのずからよく単純化せられその夜のさまをさながらに感じさせる。

これは良寛が亡父の菩提《ぼだい》をとむらうために高野山へのぼった時の作かといわれている。良寛の父山本以南は勤王の志あつく、皇室の式微《しきび》を嘆じて『天真録』を著わしたほどの人だが、悲憤慷慨のあまりその書を抱いて桂川に投身自殺した。一説には高野に入山したともいわれているが、諸国を遍歴流浪中の良寛はこの悲報を聞いて京都に入り、七十七日間の法要をつとめた後、高野山に詣でて父の冥福を祈った。それだとすると、これはなおさら思い深い歌で、一夜眠らずにあれをこれをと父の一生を思い、また自分の来し方、行く末を思うて慚愧《ざんき》し悔悟《かいご》し懊悩《おうのう》しながら輾転《てんてん》していたのかもわからない。けれどもそれは考える必要がない。背後に考えるのはさしつかえないとしても、それを表に出していうと、歌をそこなうことになるだろう。ことばにあらわれただけを、その調べだけを感じとればよいのだ。するとこれはいよいよ純粋な心の歌であることがわかる。高野の奥の古寺に、杉しずくする夜を眠らずに起きている。そのさまを思い見るだけでよいのである。

良寛は宝暦八年（または七年）越後の出雲崎に生まれた。家は数百年来の旧家で、代々その名主《なぬし》。父隠居のあと名主など俗務に携わって失敗多く、十八歳の時に出家し大愚良寛と称する。備中玉島の円通寺、大忍国仙和尚のもとに弟子入りし、いくばくもなくして国仙より大悟の印可をもらっている。円通寺を出てから諸国遍歴がはじまる。「雲遊十数年」とか「萍遊《ひょうゆう》殆んど二十年」とかいわれる。確かなことはわからないが、帰国したのは寛政七年、三十八歳のころと推定されており、そうしてこの歌はそのころのものと考えられている。すなわち良寛としては初期の作だが、その中でのもっともすぐれた一首である。

月《つき》よみの光《ひかり》を待《ま》ちてかへりませ山路《やまぢ》は栗《くり》のいがの多《おほ》きに（同）

良寛

「月よみ」は月の古語、月読の字が当てられツクヨミと訓む。ここではツキヨミ。「多きに」は多いので、多きゆえに。「もう少しお待ち下さい。月が出て明るくなってからお帰り下さい。そうでないと山みちは栗の毬《いが》がたくさん散らばっているので、足にお踏みになって傷ついてはいけませんから」というほどの意。話がはずんでかなり夜がふけているようすがわかる。それに友人をもっと引きとめておきたいという気持も「いがの多きに」の結句ににじみ出ていて、心あたたかいその人柄がよくわかる。良寛の歌の中でも私のもっとも好ましく思う一首である。それは万葉集の湯原王《ゆはらのおおきみ》の秀歌があっても少しもかまわない。

月読《つくよみ》の光《ひかり》に来《き》ませあしひきの山《やま》を隔《へだ》てて遠《とほ》からなくに（巻四・六七〇）

むろんこれから来ていることは確かだ。良寛自身も承知の上だが、それが換骨奪胎《かんこつだったい》の模倣だとか本歌取りだとかいわせないのがこの歌のよいところである。このころは万葉集を読んでいるから好きな歌句が思わず口をついて出て来たのだ。作意あってのことではない。歌はまことに正直である。それがたれにもわかるものだから、湯原王の歌があるにもかかわらず、また趣を異にする秀歌として愛せられるのだ。この良寛の友人は阿部定珍《さだよし》。新潟県西蒲原郡渡部の庄屋で、風雅を心得て良寛と親しく、かつその庇護者でもあった。

*

夕《ゆふ》されば小倉《をぐら》の山《やま》に鳴《な》く鹿《しか》は今夜《こよひ》は鳴《な》かず寝《い》ねにけらしも（万葉集巻八・一五一一）

舒《じよ》明《めい》天《てん》皇《のう》

巻八「秋の雑歌」のはじめに見える岡本天皇の御製である。岡本天皇は岡本宮を皇居とせられた天皇の意で、舒明天皇と解するのが普通である。岡本宮は大和高市郡明日香村大字岡の岡本寺のあたりかといわれていたが、喜田貞吉博士が大字雷《いかずち》の東方と考証された。しかしそれより舒明天皇が聖徳太子草創の平郡《へぐり》の熊凝精舎《くまごりしようじや》を百済《くだら》の地に移して百済大寺とせられたのを、天武天皇がさらに飛鳥《あすか》の地に移して高市大寺（大官大寺）とせられたのが岡本宮跡だったろうという説に私は賛成である。もしそうならこの小倉の山は、大官大寺跡（奈良遷都と共に奈良に移されて大安寺となる）からほど遠からぬ、香具山の東南一帯の丘陵地に求めることができる。すなわちこの御製は宮殿の中から歌われたと考えられる。「夕ぐれになると、いつも小倉の山で鳴いているシカが今夜は鳴かない。どうしたのだろう、多分寝てしまったらしいわい」というのである。夜ごとに妻を求めて鳴いていたシカが、ようやく妻を得て寝てしまったという心の歌である。けれどもそのことを直接歌おうとしたのではない。今夜に限って鳴かないのはどうしてだろうと耳を澄まし聞き入っている心がおのずからこのような歌になったので、それだから「寝《い》ねにけらしも」を「率寝《ゐね》」の意味に取ったりしたのでは、かえって歌の本意に反することになり、品をそこなうことになる。瞑想にふけっている安らぎの歌である。豊かに心の満ちわたった高い調べの美しい歌である。茂吉のいうように万葉集中最高峰の一つに相違ない。けれどこの歌はあまりに感情がこまやかに行きとどいているところから女性の作、すなわち後岡本天皇と申し上げる斉明天皇の御製でないかといわれたりする。なおこの歌とほとんど同じ歌が雄略天皇の御製として伝えられている。

夕《ゆふ》されば小《を》倉《ぐら》の山《やま》に臥《ふ》す鹿《しか》の今夜《こよひ》は鳴《な》かず寝《い》ねにけらしも（同巻九・一六六四）

三句「鳴く鹿は」が「臥す鹿の」となっているだけである。「鳴く鹿は」よりはさらに古調であるべきを、あたかも現代歌人のように「鳴く」および「は」の助辞の重複を避けて語句をととのえているなど、後世改竄《かいざん》の手が加えられたものだろう。それに秋がふけて発情期に入った牡鹿《おじか》は猛獣のように鳴く。それは裂帛《れっぱく》のようにきつい声だが、けっして臥しながら鳴くのではない。鳴く時は立ちどまるけれど、鳴き終わると走り出す。そういう夜のシカの生態にも合わぬようである。

山《やま》の端《は》にあぢ群騒《むらさわ》ぎ行《ゆ》くなれど吾《われ》はさぶしゑ君《きみ》にしあらねば（同巻四・四八六）
斉《さい》明《めい》天《てん》皇《のう》

巻四の巻頭「相聞《そうもん》」の第二首目の長歌の反歌である。題詞は岡本天皇の御製とあるが、左注では岡本天皇か後岡本天皇かを判じかねている。万葉集編纂当時すでにわからなくなっていたのであろうが、これはどうしても女性の作だ。後岡本天皇すなわち斉明（皇極）天皇の御製だとする考え方がよいように思う。「あぢ群《むら》」はカモの一種味鴨《あじかも》の群れのこと。「さぶしゑ」の「ゑ」は感動をあらわす助辞。一首の意は、「山の端を味鴨の群れが鳴き騒ぎながら飛んで行くように、大勢の人がどやどやと通り過ぎるけれど、私はさびしくてなりません。たれひとり私の思っている人ではありませんから」というので、「あぢ群騒ぎ」までが序詞だが、それは「行く」に掛かる比喩《ひゆ》になっていて「人」が省略せられている。それを受ける下の句は「吾はさぶしゑ」「君にしあらねば」と「ゑ」や「し」の助辞を用いて重々しくも力強く四、五句を逆にして調子を高めている。しかも織巧ではない素朴さは紀記の歌謡に通じるものだが、これが長歌になると、「神代《かみよ》より生《あ》れ継《つ》ぎ来《く》れば人多《ひとさは》に国《くに》には満《み》ちて」とか、「昼《ひる》は日《ひ》の暮《く》るるまで夜《よる》は夜《よ》の明《あ》くる極《きは》み思《おも》ひつつ眠《い》も寝《ね》がてにと」とかいって、「わが恋《こ》ふる君《きみ》にしあらねば」と嘆いているのは、これはもう相聞などというものではない。相聞は何も恋歌だけをさすのではないが、それを超えてこれはかえって挽歌に近い。普通には背の君の舒明天皇が人々の中におられないのをさびしんだ相聞歌だと解されているが、これは舒明天皇崩御を悲しむ皇后の挽歌でないのか。私はそのように受け取って尊重している一首である。皇后は位に即かれて皇極天皇、重祚《ちょうそ》せられて斉明天皇。舒明天皇と共に万葉初期のすぐれた歌人であられた。

＊

帆《ほ》を捲《ま》きて風《かぜ》にそなふる遠《とほ》つあふみ灘《なだ》のゆふべを雁《かり》なきわたる（歌集・潮鳴）

石《いし》榑《くれ》千《ち》亦《また》

「遠つあふみ」の「あふみ」は淡海《あわうみ》のこと。近い淡海が琵琶湖であり、遠い淡海が浜名湖であり、それから近江《おうみ》、遠江《とおとうみ》の国名が生まれた。「遠つあふみ灘」は遠江灘、すなわち遠州灘《えんしゆうなだ》で、熊野灘とともに波が荒いので海の難所とされている。これはその遠州灘を航行中の歌だ。「帆を捲きて」だから機帆船だったのだろう。おりしも台風が来そうな険しい空模様になって来た。海上は次第にしけて来た。はげしい風が吹いて波浪のうねりが高まって来た。流されないようにとそこで帆は全部捲きおろした。しかも日はちりぢりの暮れ方である。不安やる方もないひとときである。その時どこからともなく雁の声が聞こえて来た。時が時、場所が場所だけに救わるるような思いをした。いやいっそう荒涼たる思いをしてそのかりがねの行方を見送っていたのだろう。

この場合二句「風にそなふる」はなくてはならぬ句だが、それを受ける「遠つあふみ灘」は句割れになっている。一語であるその語が、調べからすると「遠つあふみ」でひと休みし、すぐにつづいて「灘のゆふべを」と「灘」が四句にまたがる。こういうのは昔はたいへん嫌われたものだ。調べをそこなうからだが、しかしいちがいにはいえない。かえって調べを高め、また屈折の妙を見せて思わぬ成功をおさめているのもある。現代では吉井勇の歌に多い。また斎藤茂吉にもある。勇は意識的にその効をねらっていたと思われるふしもあるが、今日の若い歌人はほとんど無頓着である。歌が調べをなくし、散文化して、詩の断片語みたいになるのは当然である。それはともかく、この歌はこの三、四句のつづきぐあいに苦心したことがわかる。「灘」にアクセントをつけたのだ。それがおのずから「雁なきわたる」と豊かに大きく歌いおさめる結果を来たした。この歌のすぐ前に次のような佳作がある。

船《ふね》は来《く》る赤《あか》き帆《ほ》あげて船《ふね》は来《く》る海《うみ》のあなたの低《ひく》き国《くに》より

また同じ旅行の時の作と思われるものに、

朝《あさ》やけの雲波《くもなみ》をやく江《え》の上《うへ》にみだれ出《い》でたりあまのつり船《ふね》
顧《かへりみ》れば紀《き》のむら山《やま》は一《ひと》つ色《いろ》の一《ひと》つ山《やま》となりて船志摩《ふねしま》に入《い》る

二つとも紀伊の歌だが、前の歌は人麿の、

飼飯《けひ》の海《うみ》の庭《には》よくあらし苅《かり》ごもの乱《みだ》れ出《い》づ見《み》ゆ海人《あま》の釣船《つりふね》（万葉集巻三・二五六）

の下句を思わせるけれど、しかも上句はやはり現代だ。「朝やけの雲波をやく」のあざやかな客観描写が人麿の歌とは異なる情景を表現するに成功している。この『潮鳴』は千亦の第一歌集、大正四年の刊行である。作の年代が明らかでないが、おおかたは明治末年ごろの歌かと思われる。

いたどりの林《はやし》吹上《ふきあ》ぐる海《うみ》の風《かぜ》まともに吹《ふ》きて馬《うま》つからすも（歌集・鷗《かもめ》）

石 槫 千 亦

北海道寿都《すっつ》での作である。いたどりは虎杖の字が当てられるが、宿根草で新芽は丈余にのびるから、それが群生していたのでは林をなすがごとくなるだろう。そういう未開拓の荒涼たる海岸を馬に乗って行くときの歌だ。「つからす」は他動詞で、疲れしむ、疲れさせるの意だが、この結句が非常によく利《き》いている。荒い潮風に絶えまなく吹きつけられて人馬もろともに疲れている。このとき自分のことをいわずに馬だけをいった。それがかえって旅情を深からしめた。夏たけた北海道をいやというほど思い感じさせる歌だ。これは大正十年刊行の第二歌集『鷗』に出ている歌だが、他に次のような佳作がある。

昆布《こぶ》の葉《は》の広葉《ひろば》にのりてゆらゆらにとゆれかくゆれ揺《ゆ》らるる鷗《かもめ》（礼文島香深）
秋《あき》の日《ひ》はいてりとほりて北《きた》の方《かた》オコツク海《かい》も油凪《あぶらなぎ》せり（利尻島鴛泊）
沓形《くつかた》は海《うみ》よりつづく磐《ばん》の道夜道《みちよみち》危《あやふ》し手火《たび》させ子《こ》ども（沓形）

千亦は昭和十七年七十四歳でなくなるまで、一生を水難救済会のためにつくした。それゆえ全国を旅行、北海道だけでも三十数回に及ぶ。したがって海洋の歌が多く海の歌人と称せられる。佐佐木信綱に師事し竹柏会『心の花』の創刊より編集に携わり、主筆として四十年を越えた。誠実、また任侠の人で多くの歌人が恩に浴した。古泉千樫、新井洸しかり、若き日の私もその一人である。

＊

磐代《いはしろ》の浜松《はままつ》が枝《え》を引《ひ》き結《むす》び真幸《まさき》くあらばまたかへり見《み》む（万葉集巻二・一四一）

有間皇子《ありまのみこ》

有間皇子は孝徳天皇の御子であるが、母は阿倍倉梯麿《あべのくらはしまろ》の娘、小足媛《おたらしひめ》。中大兄（後の天智天皇）の妹の間人《はしびと》皇后の生んだ皇子ではない。この有間皇子が斉明天皇の四年十一月、天皇の不在中に反逆を企てた。天皇はその年の五月に皇孫八歳建《たける》王を失われた傷心なかなか癒えず、十月から皇太子中大兄をともなって紀の湯（現在の白浜湯崎温泉）に行幸せられ、ご滞在中だった。その時、京の留守官蘇我赤兄《そがのあかえ》が有間皇子に謀反《むほん》をすすめた。天皇の政治には三つの大きなあやまちがあり、すでに人心を失っている。いま兵を用いたなら必ず成功する。一挙に事を決しようと堅く約した。皇子は赤兄を信じて家へ帰って寝た。その夜中である。

皇子の市経《いちふ》（現在近鉄信貴生駒線の一分《いちぶ》へんか）の家を囲んだのは赤兄のひきいる兵であった。まんまと赤兄の術中におちいったわけだが、皇子は捕えられて紀の湯に送られ、そこで皇太子じきじきのきびしい訊問にあった。その答えが「天と赤兄と知る。吾全解《われもはらし》らず」であった。この皇子の言葉はたいていの注釈書にも引かれているからたれでもが知ってはいるが、あわれである。天皇には同母弟孝徳天皇の皇子だから甥《おい》にあたるが、仮借しなかった。藤白坂《ふじしろさか》（現在海南市藤白坂）まで送り戻し、そこで絞に処した。時に皇子は十九歳であったが、これは中大兄と藤原鎌足のしくんだ謀略だったといわれており、赤兄は手先にすぎなかったようだ。ついでだが、中大兄は先には異母兄の古人皇子《ふるひとの》を謀反のゆえをもって誅《ちゅう》している。蘇我馬子の娘の生んだ皇子であったが、中大兄にすればこれでもう皇位を争う相手はいなくなったわけだ。

この歌は皇子が護送されて行く途中、紀の湯にほど近い磐代（現在南部町岩代）で歌われた二首の第一首目である。詞書には「有間皇子自《みづか》ら傷《かな》しみて松が枝を結べる歌二首」とある。「自分はこうして磐代まで来たが、この浜の松の枝を結んで神にお祈りする。もしも幸に無事であったならば、帰りにこの結び松をもう一度拝むことができよう」という意である。許されて帰れるとは思っていなかった。これまでの中大兄のやり口を考えて見ると助かるはずがないと思われた。覚悟はきめているものの万一ということがある。その心が磐代の岩に願い浜松の枝を結んで祈ったのだ。それだけにいっそう悲痛で、あわれを思わせるのである。結び松はどういうようにしたのか。今はわからなくなっているが、何となくわかるような気がする。磐代だから巨岩は神として祀られていたのだろう。日本紀の伝えはともかく、はじめにいったような事情を知らなくとも、下の句「真幸くあらばまたかへり見む」と誦んでいると涙が流れる。哀切の語は一つもないのにそれがにじみ出てくる。心とことばが一つになっているしらべから来るので、写生なんていうものではない。

家《いへ》にあれば笥《け》に盛《も》る飯《いひ》を草《くさ》まくら旅《たび》にしあれば椎《しひ》の葉《は》に盛《も》る（同一四二）

有間皇子

二首目の歌である。「笥《け》」は食物を盛る器で、金属製であったろうといわれる。一首の意は、「家にいる時はりっぱなうつわで食べる飯だけれど、こうして心にまかせぬ旅先でのことだ。やむなく椎の葉に盛って食べている」というのである。前の歌は「真幸くあらばまたかへり見む」と感慨が洩らされていたが、これはただ食べるうつわのちがいをいっているだけである。それだのに前の歌におとらず切々と心に沁みわたるのは、むろん「椎の葉に盛る」をあわれと感じるからだが、何気ないようにいっている一、二句の「家にあれば笥に盛る飯を」は、すべてをあきらめているかのごとくである。だから「草まくら」の枕詞も「旅にしあれば」とつづくしらべが、意味なき枕詞をしていうにいわれぬ意味をよみがえらせて、ひとしお深い哀感をそそらせるのだ。

　私は多くの先輩の説に従って、椎の葉に飯を盛って食事した歌と解しているが、椎の葉は小さくて飯は盛れない。たとい枝葉を重ねても実際の食事には用立たない。これは磐代の神に祈って飯をささげたのだ、という説が前々からある。つまり神饌《しんせん》説である。これには高崎正秀が熱心だが、私もなるほどと思うものの、にわかに荷担もしかねている。神饌だとするとこの歌から受ける詩感はずんと減殺されると思われるからだ。私には椎の葉に飯を盛って食べているのでないと困るのである。

十一月

秋《あき》の田《た》の穂《ほ》の上《へ》に霧《き》らふ朝霞《あさかすみ》いづへの方《かた》にわが恋《こ》ひ止《や》まむ（万葉集巻二・八八）

磐姫皇后《いわのひめのおおきさき》

巻二の巻頭に磐姫皇后が仁徳天皇を思われて作られた歌四首がある。時代のわかっている歌としては万葉集中最古のものだが、歌風や四首の構成ぶりから考えて、皇后の作ではなく、伝誦歌が皇后に仮託されたものと見られている。この歌は四番目の歌だが、記紀に見る天皇と皇后の相聞歌の古拙ぶりにくらべると、これはずっと時代の若いことはたれにもわかる。それでも「霧らふ朝霞」といっている。これは霧のことだが、古代では春秋ともに霞の語をつかうことが多かった。一首の意は「秋の田の稲穂の上に立ちこめている朝霧の、日があがるとともに消え去るように、どちらの方に私の恋ごころは消えてゆくのであろうか。切ない思いはなかなか晴れそうもない」と歎いているのである。この「朝霞」と三句で切った上の句がじつによい。ここまでが序歌だが、具体的にいい述べていてしかも優美、情景が彷彿《ほうふつ》とする。下の句の「いづへの方に」そうして「わが恋ひ止まむ」はまことに巧みないいまわしの、また切実の語で、自然の事象によく心が融け合っていて、ほとんど人為を思わせない。

磐姫皇后は古代女性中、もっとも嫉妬心の激しい人として伝えられている。天皇の侍女たちに対してさえも「足もあがかに嫉妬《ねた》」まれることがあった。地団駄《じだんだ》を踏んでくやしがられたのだ。黒日売《くろひめ》は追い返されたが、天皇が八田《やた》皇女を引き入れられた時には恨み憤って山代《やましろ》川（今の淀川、上流は木津川）を遡《さかのぼ》り、筒木《つつき》の韓人奴理能美《ぬりのみ》の家に入られた。天皇がお迎えに行かれてもおあいにならず、とうとうそこでなくなられた。

この筒木の地には後に継体天皇が一時都せられたこともあるが、近鉄京都線三山木駅西方二キロぐらい。現在田辺町に編入されたが、もと綴喜《つつき》郡普賢寺村。そこに今は観音寺大御堂と呼ばれる奈良時代の古刹普賢寺《こさつふげんじ》がある。うしろの丘陵には大きな塔の心礎が残っていて筒《つつ》城《き》の大寺と呼ばれた昔日のおもかげをしのばせるが、粗末な新堂には聖林寺十一面観音よりは少し小さいが、驚くほどよく似た天平仏の十一面観音がただ一軀だけ安置されてある。聖林寺のきびしさはないが、そのかわりはちきれんばかりの若さが見られる。たびたびの災厄をのがれて、同時代の傑作が同じようにひっそりと大和と山城に伝えられたことに人々は不可思議を思うのである。専門家の間でも近来とみにやかましくいわれ出した。奴理能美は

「三種《みくさ》」に変わる虫を飼っていた。これは蚕である。大御堂へ行く途中には蚕発祥地という古い碑が立っていたりするが、丘陵と丘陵の間はすべて稲田である。伝誦の問題はともかくとして、この歌をこの筒木の宮で作られたと考えてもいっこうに差し支えまい。その方が親しみやすく味わいふかく思われる。

ありつつも君《きみ》をば待《ま》たむ打《う》ち靡《なび》くわが黒髪《くろかみ》に霜《しも》の置《お》くまでに（同八七）

磐姫皇后

三番目の歌である。「ありつつも」はこうしていつまでも。「打ち靡く」は黒髪の形容で、その長くふさふさしているさま。「黒髪に霜の置く」は「白髪が生える」というのと、「外で夜をふかして実際に髪に霜が降る」というのと二つの解釈があるが、後者の解に従う人の方が多いようだ。それは「ある本の歌に曰く」として

居明《ゐあか》して君《きみ》をば待《ま》たむぬばたまのわが黒髪《くろかみ》に霜《しも》は降《ふ》れども（同八九）

があるものだから、これに引きずられているようだ。「居明して」はたしかに戸外に夜をふかしている状態が感じられ、また「ぬばたまの」などの枕詞もそれをいうに似つかわしいが、これはやはり天皇の心が自分に帰ってくることをいつまでも待とうというおもむきの歌として受けとるべきである。戸外に夜明かしをして髪に霜が降るなどとは芝居じみてい

る。いなか娘の東歌《あずまうた》などといっしょにしては困るのだ。これは皇后の歌でないか。嫉妬もさることながら愛情も火のように激しい皇后だった。そのことを思わなければならない。天皇に先立たれた皇后は那羅山に葬《おさ》め奉《まつ》った。平城京の北がわ、水上池を前にした平城坂上陵《ならさかのえのみささぎ》がそれである。さすがは仁徳天皇の皇后である。兆域広大、前方は濠を二重にめぐらしてある。

*

うらはらのそぐはぬ睡《ねむ》り昼《ひる》をいねてはや時雨降《しぐれふ》る季節《きせつ》かと思《おも》ふ（歌集・雪客《さぎ》）
尾山篤二郎《おやまとくじろう》

「うらはらの」だから「反対の」である。「そぐはぬ睡り」だから「ふさわしくない睡り」である。そこで上句は眠くもないのに昼間を寝ているということである。やむなく仕方なしに寝ているのだから、なかなか眠れない。うとうとしたかと思うとすぐ目が覚める。覚めたかと思ったらまた眠っている。これを夢うつつといえば風情があり、浅き眠りといえば詩的であるが「うらはらのそぐはぬ」思いで寝ていたのでは、たのしくもなければ面白くもないにきまっている。やけを起こして寝てしまったのだ。不貞腐《ふてくさ》れているのだから、いちばんぐあい悪い思いをするのはたれでもない自分自身だ。あれをこれをといろいろに思い悩んでいる。おりしもふと外のけはいを感じた。時雨が降り出したようすである。さむざむと降り過ぎる音を聞きながら、ひととき救わるる思いをした。同時に秋はもはやこのように老《ふ》けていたのかと感慨を覚えたのである。すると急に自分のしざまがかえりみられた。こんなことをしていてよいのかと恥ずかしくなったのだ。その心が「はや時雨降る季節かと思ふ」の下の句にさりげなくあらわれている。たえ難い思いをそれといわずにたんたんたる調べに託した哀感が読むものの心に沁み入るのである。

　この歌は「秋雨」十五首中の一首だが、上野の美術学校（芸大の前身）を出て日本画を描いていた長男の直樹を死なせ、その妻子をも養わねばならず、困窮している時の歌だ。その上、さらに複雑な家庭的事情もあって、ついこのように正直に自分の弱みをさらけ出してしまったのだが、またすぐに取りなおして次のように心を閑雅に遊ばせている。

　　つくばひに滴《したた》る水《みづ》と小竹《ささ》を見きうつつと夢《ゆめ》のはざかひにして

　その心境がしのばれ、風流を愛した彼の面影がしのばれる。

　　象《かたち》あるもの消滅《せうめつ》し父《ちち》と子《こ》の火宅《くわたく》の譬喩《たとへ》あきらかに現《げん》ず
　　油汗《あぶらあせ》かきし今際《いまは》ぞけしきたつ死《し》なせしものがさそはんとすや
　　綿《わた》に染む死臭《ししう》のにほひむかむかと一日《いちにち》われに絡《まつは》らむとす

歌のよしあしはともかく、正視するに忍びない。子を悲しむ心が怒りにまで昂じている。

しかしまた次のような天界自然の景に心をやってみずからを慰めている。

屋根越《やねこ》えて眉間《みけん》を照《て》らす月《つき》を見《み》き十八日《じふはちにち》の丑三《うしみ》つの月《つき》

さしのぼる夜《よ》なかの月《つき》の脇仏金星《わきぼとけきんせい》ちさく暗《くら》くまばたく

眉間を照らす丑《うし》三つの月とか、金星を月の脇仏などいうところが篤二郎である。こういう悲しみの歌もどことなしに技を凝っている。

海苔《のり》ひびの林《はやし》わけゆく舟二《ふねに》はいとほり過《す》ぎゆき目《め》に寒《さむ》からず（同）

尾山篤二郎

「或日」と題する十二首中の一首。「海苔ひび」は海苔をとるため海中に立て列《つら》ねる粗朶《そだ》をいうので、それが文字通り林立しているものだから「林わけゆく」といった。「舟二はい」とことさらにいったのは小舟をあらわしたかったからだ。この歌は家の中からガラス戸越しにその海を眺めているので、結句の「目に寒からず」はその部屋がストーブを入れていて暖かいものだから、寒かるべき海の眺めが「目に寒からず」感じられた。寒中のある日、外出して気分が悪くなった。

医者《いしや》に寄《よ》り血圧《けつあつ》はかり以《もつ》ての外《ほか》ぞ凝乎《じつ》と寝《ね》て居《ゐ》ねと叱《しか》られて帰《かへ》る

その時の歌で、彼の本心が何であるかを思わせるおだやかな感情のよく出ている佳作である。篤二郎は戦後は横浜の金沢文庫の近く、称名寺のへんに住むようになったから、家からすぐに海が眺められた。昨年夏七十五歳でなくなったが、隻脚《せっきゃく》の人で松葉杖を突いていた。この歌集『雪客』は「サギ」と読む。サギは一本脚で立つ鳥だからだが、わが身をしゃれてサギになぞらえる。みずからはなかなかいえないことだ。七十三の時に出した第十一冊目の歌集である。

＊

百伝《ももつた》ふ磐余《いはれ》の池《いけ》に鳴《な》く鴨《かも》を今日《けふ》のみ見《み》てや雲隠《くもがく》りなむ（万葉集巻三・四一六）

大津皇子《おおつのみこ》

「大津皇子、被死《みまか》らしめらゆる時、磐余の池の陂《つつみ》にして涕《なみだ》を流して作りましし御歌一首」の詞書《ことばがき》がある。前にも記したように、大津皇子は謀反の企てありとして捕えられ、朱鳥元年十月三日訳語田《おさだのいえ》舎で死を賜わった。その時の御歌である。「百伝ふ」は枕詞で、百《もも》へ至るという意で、五十《いそ》または八十《やそ》にかかる。ここでは五十の磐余にかけた。磐余の池あとはわからなくなっているが、香具山の東やや北寄りにあたる池之内、池尻（現在桜井市）へんかといわれる。一首の意は「磐余の池に鳴いている鴨を見るのも今日限りで、天《あま》がけり雲に隠れて私は死んでゆくのか」というのである。同じ時に作った五言「臨終」の一絶が懐風藻《かいふうそう》に伝えられている。

金烏《きんう》西舎に臨《て》らひ　鼓声《こせい》短命を催《うなが》す　泉路《せんろ》賓主《ひんしゅ》無し　此《こ》の夕《ゆふ》べ家を離《さか》りて向ふ

「西に傾いた日が家を照らし、夕刻を知らす鼓の音は短い自分の命をいっそうせき立てるようだ。あの世の路は客も主人もないだろう。この暮れ方自分はひとり家を離れて死出の旅路に向かうのである」というほどの意だが、歌と詩といずれがすぐれているか。皇子ははやくから文筆を愛し「詩賦の興は大津より始まる」といわれたくらいだから、詩もゆるがせにはできない。ともにあわれをもよおさしめるが、この歌は前の有間皇子《ありまのみこ》の場合と立場も似かよっているだけによく並べられる。しかし有間皇子の「真幸《まさき》くあらばまたかへり見む」の「真幸くあらば」よりは、大津皇子の「今日のみ見てや雲隠りなむ」の「今日のみ見てや」の方が、主観的に沁むものができて来ていると茂吉はいっている。それは大津皇子が人麿と同じ時代の人だから、これは歌風の時代的変化であるというのだが、それは確かにそうだとしても、また有間の十九歳、大津の二十四歳という歳の違いもあると思われる。ともあれ毎年冬になるとその池に来るカモを見て、それに全生命を託したかのごとき下四、五句の語気語勢、その詠歎の調《しらべ》に歎息する。しかもうらみがましい思いはみじんも述べられていない。これは有間の場合も同じであった。地位高く心丈《たけ》き人のつねのならいか。さらばいっそう心に沁むが、契沖は「歌と云ひ詩と云ひ声を呑《のみ》て涙を掩《おほ》ふに遑《いとま》なし」といっている。

この時、妃の山辺皇女《やまのべのひめみこ》が殉死せられた。「髪を被《みだ》し徒跣《すあし》にして奔《はし》り赴《ゆ》きて殉《したが》ふ。見る者《もの》皆歔欷《な》きき」と持統紀は伝えている。日本歴史中でももっともあわれ深い場面で、その光景が目に見えるようだ。これを思いこの歌を読む、何びとも涙せざるをえないのである。ついでだが、山辺皇女は天智天皇の皇女で、母は蘇我赤兄《あかえ》の女《むすめ》である。有間皇子が「天と赤兄と知る。吾全解《われもはらし》らず」と答えられたその赤兄である。

現身《うつそみ》の人《ひと》なるわれや明日《あす》よりは二上山《ふたかみやま》を弟背《いろせ》と吾《わ》が見《み》む（同巻二・一六五）
大来《おおくの》皇女《ひめみこ》

右の悲報がただちに伊勢に伝えられ、姉の大来（大伯）皇女は斎宮をしりぞいて上京して来る。その時の歌二首がこの歌のすぐ前にある。

神風《かむかぜ》の伊勢《いせ》の国《くに》にもあらましを何《なに》しか来《き》けむ君《きみ》もあらなくに（同一六三）
見《み》まく欲《ほ》りわがする君《きみ》もあらなくに何《なに》しか来《き》けむ馬疲《うまつか》るるに（同一六四）

「何しか来けむ」とがっかりしている。たったひとりの弟だった。それがもういないのだ。それでも「馬疲るるに」と、いそいで上京したようすがわかる。

この歌は大津皇子の屍が移されて、後に葛城《かつらぎ》の二上山《ふたがみやま》に葬られた。その時にさらに詠まれた二首の一つである。「生き残ってこの世の人である私は明日からは二上山を姉弟《きょうだい》のように思って眺めましょう」というのだが、人の世のかなしさ、はかなさ、それにあきらめ心を嚙みしめている。そうして生ける人にものいうごとくつぶやき、かつ訴えているのである。もう一つの歌は、

磯《いそ》の上《うへ》に生《お》ふる馬酔木《あしび》を手折《たを》らめど見《み》すべき君《きみ》がありと云《い》はなくに（同一六六）

これも同じようにしっとりとして悲しみ深い歌である。「磯」は海岸のことではなく、巖《いわ》のことである。これによって本葬は年を越えて早春のころに行なわれたことがわかる。二上山は文字通り峰が二つに分かれており、高い方が男岳《おだけ》、低い方が女岳《めだけ》。大津皇子の墓は男岳の頂上にあって西向きで河内の方に面している。陵墓は西向きまたは南向きが普通だからこれはこれでよいわけだが、あえて大和に背を向けているのでないかと思われもする。

＊

みちに見《み》し小狗《こいぬ》おもほゆ育《そだ》つもの楽《たの》しくをりとこよひ安《やす》らぐ（歌集・冬空）

岡《おか》　麓《ふもと》

小狗は小犬だが、子犬のことである。生まれてまもない子犬だったのだろう。それが路上に遊んでいた。通りがかると足もとによって来てまつわりつくようにした。いや子供たちに

もてあそばれて、くんくん咽喉《のど》を鳴らしていた。その可愛い子犬を夜、床に就こうとしてふと思い出したのだ。「育つもの楽しくをりと」の三、四句がそれである。子犬のさまをいうと同時に自分の感慨を叙べているのだ。あの子犬もだんだん大きくなるだろう。遊びたわむれながらおいおい成長して行くにちがいない、という感慨である。それで何となく心の安らぐ思いをした。それが「こよひ」である。では「こよひ」ならざるいつもの晩はどうなのか。何か気がかりなことでもあったのだろうか。

子孫《こまご》らのわれをたよりに生《い》きをりと思《おも》へば老《おい》のいのち嘆《なげ》かゆ
夜《よる》のまにひび割《わ》れたりし卵二《たまごふた》つふたりの孫《まご》にゆでてあたへよ

というような歌がこの前後にあるから、あるいはそうした孫たちの身を案じていたのかもわからない。これは臆測で、臆測はなるたけしない方がよいが、それでも年をとると孫子のことがよけいに案じられる。その心が裏がわにまわされてあるようだ。子犬だってあのようにして育ってゆくのである。人の子だって変わりがないのでないか、そう心配するほどのこともなさそうだ、という思いが感じられる。けれどもそれを口にしてはいけないのだ。ことばに出していうと歌を傷つける。感じとっておくだけでよいのである。

これは長野県の山村で作られた歌である。ただしくいえば北安曇郡会染《あいそめ》村での疎開生活中の歌である。昭和二十年四月某日、かねてより神経痛で足腰の立たなかった麓は、瘭疽《ひょうそ》をわずらっていた老妻とともに、人に助けられ人に背負われて戦火の東京を脱出した。知らない土地の馴れない生活がはじまったわけだが、すでにこのころは一人の孫を戦死させており、また集まって来た幾人かの家族をかかえて、しかもみずからは病身、おおかた寝たり起きたりの毎日だったのだから、さだめし不如意な生活だったろうと思われる。そのようなある日、気分がよいので外出した。二人の小さい孫をつれていたのかもしれない。その途上、無心に遊びたわむれている子犬を見かけた。それがこのような形の歌になった。滋味あふるる佳作である。

雪《ゆき》やみて降《ふり》かはりたる黄昏《たそがれ》の雨《あめ》に小鳥《ことり》のよびあふ低《ひく》し（同）　　岡　麓

「黄昏」は元来の意とは別に今は日の暮れ方の意に用いられている。降りしきっていた雪が雨になったうすら明かりの日暮れ方である。ねぐらについた小鳥がこのひと時をとしきりに鳴きあっている声が低く聞こえる、というおもむきの歌である。この小鳥は何だろう。多分スズメであろうと思われるけれど、これも前と同じ信州疎開先での歌だから、別な小鳥であるかもしれない。しかしその小鳥をスズメとか椋鳥《むくどり》とかいってしまったのでは歌が小さく狭くなる。小鳥といったのは用意あってのことだ。読者の自由なる想像にまかせている。この結句の「よびあふ低し」がよい。その声が低く小さく聞こえるからだが、よく情景をとらえているというだけではなく、暖かな人間の愛情がこもっている。しかし一首全体から受ける感じはやはりさびしそうだ。同じような歌がある。

雨《あめ》にならむ曇《くもり》のままに夕《ゆふ》づくや鳥一時《とりひととき》にはたとしづまる
小鳥《ことり》らはゆふべになればあつまりより一日《ひとひ》の無事《ぶじ》を告《つ》げあふならむ

あとの歌など若い人々にはおもしろくないだろう。私も若い時分はこの人の歌はほとんど見向きもしなかった。あまりにも地味だったからだ。はでにはなやぐおもむきの歌ではないから、私だけではなく、歌壇一般の人びともこの人の歌をとくに取り立てていうことがなかったようだ。しかしよく見ると秀れている。

はなやかだった幾人かの歌人にくらべて遜色を見ない。むしろ立ちまさっている。赤彦や茂吉の先輩であり、子規の門人としても左千夫や節より一年早かった。昭和二十六年七十五歳で東京に帰り住むことなく信州で没している。

*

有馬山猪名《ありまやまゐな》の笹原風《ささはらかぜ》吹けばいでそよ人《ひと》を忘《わす》れやはする（後拾遺集）

大弐《だいに》三位《さんみ》

「かれがれなる男のおぼつかなくなどいひたりけるによめる」の詞書がある。「かれがれ」は、はなればなれ、「おぼつかなく」は、はっきりしない、たよりないというほどの意。しばらく逢わないで疎遠になっている男から、あなたの心が不安だ、たよりなく思われるといって来たのに対して答えた歌である。

有馬山は摂津の有馬郡、猪名野はその山の付近で、万葉に「しなが鳥猪名野を来れば有馬山」などと歌われており、歌枕として知られている。初句から三句までが「いでそよ人を」の「そよ」を引き出すための序詞、笹原に風が吹くとそよそよと音を立てるからだ。「いで」は「さあ」と相手を誘い出し、また呼びかける場合と、「いやどうして」と相手にはんぱつする場合などに用いる感動詞だが、ここでは後者の意。「そよ」はそれよ、それですよの意。「忘れやはする」の「やは」は反語で、忘れない、忘れなんかするものかの意である。それでこの歌は、「いやどうしてあなたを忘れなどするものですか」というだけのことである。ただそれだけの下二句で足りるところを、有馬山をいい、猪名の笹原をいい、吹く風をいって上三句を費している。せっかちな人は面倒だというかもしれぬし、学校で文法などを聞かされるとうんざりするにちがいない。けれど文法なんか後のことだ。そんなことにはかかわりなく言葉どおりに、調べにしたがって読みさえすればよいのである。下手な注釈書なんかかえって邪魔だ。くりかえし読んでおれば自然に妙味がわかって来る。すなわち上三句は序詞ではあるが、なお有馬山のふもとの猪名の笹原を吹きわたる秋風のさびしさを表現しながら、同時に失恋に近い心のわびしさを象徴してもいる。この上の句を受ける下句が大事であるが、四句「いでそよ人を」の鮮かな変転ぶりに感嘆する。言葉の駆使斡旋が自在である。微妙な心情をその調べに乗せて結句に移る。それが「忘れやはする」の反語に納めて、心もとないなどとはとんでもない、それはあなたですよ。私はあなたをけっして忘れたりなどするものですか、とやりかえしたのである。この場合「君を」といわずに「人を」といった。当代のならわしでもあったが、「君を」では歌がこわれるだろう。

この歌は芥川竜之介が好きであった。彼の文学を思うとそれがわかるようだ。百人一首に入っているからたれでも知っている歌だ。作者は紫式部の女《むすめ》である。

長《なが》からむ心《こころ》も知《し》らず黒髪《くろかみ》の乱れてけさはものをこそ思《おも》へ(千載集)
待賢門院堀河《たいけんもんいんのほりかわ》

「百首の歌奉りける時、恋の心を詠める」とある。「長からむ心も知らず」はいつまでも心変わりしないかどうかも知らずに。「黒髪の」は「長からむ」の縁語だが「乱れてけさは」の掛詞となっている。「ものをこそ思へ」はこの場合は恋の物思いをする。思い悩むというほどだろう。一首の意は、「いつまでも心変わりなさらないかどうかがわからないので、寝乱れた黒髪のように心が乱れて、今朝はさまざまに案じられる」というぐらいである。この

「黒髪の」を「乱れ」をいうための序詞的用法だという説もあるが、これは男とわかれたきぬぎぬの女の寝乱れ髪をいっているので、主格と比喩を兼ねた格助詞にはちがいないが、単なる比喩ではないだろう。この歌は拾遺集の紀貫之の、

朝《あさ》な朝《あさ》な梳《けづ》れば つもるおち髪《かみ》の乱《みだ》れて物《もの》を思《おも》ふころかな

を本歌としたものとされているが、貫之の歌は汚ならしい。はたしてこのような歌を本歌としたか、作者に聞いてみなければわからぬことだ。似たような歌があるとすぐ本歌どり呼ばわりをする。それでよい場合もあるが、この歌などはいわぬ方がよい。貫之の歌とはくらぶべくもないすぐれた歌なのだから。

これも百人一首に入っている歌だが、玉石混淆の百首中にはこのような秀歌もあるのだから、救わるる思いがする。作者は中古六歌仙の一人、鳥羽天皇の皇后待賢門院に仕えていたが、皇后が出家されたので、したがって尼になった。祖父の兄が堀河左大臣であったところから待賢門院堀河と呼ばれた。

＊

しらぬひ筑紫《つくし》の綿《わた》は身《み》につけていまだは著《き》ねど暖《あたた》けく見《み》ゆ（万葉集巻三・三三六）

沙《さ》弥《み》満《まん》誓《せい》

「しらぬひ」は筑紫の枕詞、筑紫は九州全体の総名であった。「綿」は真綿《まわた》で絹綿《きぬわた》のことである。筑紫は真綿の産地で、太宰府から毎年多量を税として貢進《こうしん》していた。木綿だという説もあるが、木綿の国産はずっとのちになるようだ。唐でもそのころはまだ木綿はできなかったといわれる。あるいはインドから輸入せられたのがあったかもしれないが、ここでは九州でできる絹綿のたくさん積まれてあるのを見て詠んだ歌とする方が穏便である。一首の意は「筑紫の絹綿はかねがねから聞いてはいたが、身につけて着ないうちから、なるほど見ただけでも暖かそうだ」というので、大宰府に収納せられてきた絹綿を賛美したものと思われる。その心が上の句に感じられるが、下の句「いまだは著ねど暖けく見ゆ」は平凡なようでありながら、心も調子も素直にとおっているので、単純な一首をよく救って、情趣こまやかなものをさえ感じさせるのである。

それだのに、たとえば岸本由豆流《ゆずる》などの万葉学者は、女を見てたわむれに歌ったとし、綿の積みかさねて暖かげなのを女に見立てたのだろうといっている。その他これに類するつまらぬ寓意説をいうものの多い中に、真淵だけが「さまでの意はあるべからず、打見たるままに心得べし」といっているのは卓見である。万葉集には譬喩《ひゆ》歌のほかに「寄物陳思」の歌というのがたくさんある。それらはたいてい恋愛感情を歌っているから、歌の裏がわを考えたくなるのは人情である。それをいい過ぎるととんだことになるが、すぐれた学者でもおりおり深入りしていることがある。この歌でもいおうとすればいくらでもいえる。しかし今はさすがにそういうことはたれもいわない。

作者沙弥満誓は僧であるが、在俗の時は笠朝臣麿《かさのあそみまろ》といい、美濃守に任ぜられて木曽路開通に功があり良吏の聞こえ高かった。元明上皇御不予のおり、天皇のために僧となって満誓と名のり、のちに筑紫観世音寺造営の長官に任ぜられて九州へ遣わされた。これはその任官中の歌だが、そこでは大宰府の長官大伴旅人と親しくしており、旅人が帰京した時に次の二首を作って贈っている。

まそ鏡《かがみ》見飽《みあ》かぬ君《きみ》に後《おく》れてや朝夕《あしたゆふべ》にさびつつ居《を》らむ（同巻四・五七二）

ぬばたまの黒髪《くろかみ》変《かは》り白《しら》けても痛《いた》き恋《こひ》には会《あ》ふ時《とき》ありけり（同・五七三）

ともになかなかの佳品だが、これに対して旅人の和《こた》えたのが次の二首である。

此処《ここ》にして筑紫《ちくし》や何処《いづく》白雲《しらくも》のたなびく山《やま》の方《かた》にしあるらし（同・五七四）

草香《くさか》江《え》の入江《いりえ》に求食《あさ》る葦鶴《あしたづ》のあなたづたづし友無《ともな》しにして（同・五七五）

やはりすぐれた歌だが、あとの歌の「友無しにして」など、その友情を思いしのばせる。

世間《よのなか》を何に譬《たと》へむ朝《あさ》びらき榜《こ》ぎ去《い》にし船《ふね》の跡《あと》なき如《ごと》し（同巻三・三五一）

沙弥満誓

「朝びらき」は碇泊していた船が夜が明けていっせいに港を漕ぎ出すことをいう。その語を借りて世間のことにたとえたのである。一首の意は「この世の中を何にたとえようか、それは朝、港から漕ぎ出して行ってしまった船の、跡に何も残さないと同じようなものだ」というので、これは明らかに仏教的無常感が歌われている。万葉集ではわずかしか見られぬ仏教思想をいった歌として注目されるが、当時としては新しかったのだろう。新しくても思想的な歌は、よほど力量あるものでもなかなか成功しがたいものだ。たいていのものは思想だけが浮き立って、形だけのものになりがちだが、この歌はそうではない。やはり「朝びらき」の語があるためだろう。それはその情景をよく知っているからで、それだから「榜ぎ去にし船の跡なき如し」といっても、頭の中で想像しただけではない、具体的なものを人に感じさせるところが出てきたのである。この歌はむろんそうだが、前の綿の歌にしても、万葉集中では、そう目立つわけではないが、やはりこれまでにない新しさが見られる。しかしこれが古今集後の拾遺集に入れられると「朝ぼらけ」以下の語句が次のように改められて、いちおう美しいけれど、弱く力ないものになっている。

世《よ》のなかを何《なに》にたとへむ朝《あさ》ぼらけこぎゆく船《ふね》のあとの白波《しらなみ》

十二月

ありがたし今日《けふ》の一日《ひとひ》もわが命《いのち》めぐみたまへり天《あめ》と地《つち》と人《ひと》と（佐佐木信綱歌集以後）

佐《さ》佐《さ》木《き》信綱《のぶつな》

「ありがたし」と初句で切り、「めぐみたまへり」と四句で切っている。珍しい形ではないが、五句を「天と地と人と」と結んだような歌はめったにない。これを現代ふうに「テンとチとヒトと」と音と訓をとりまぜて読む人も多いであろうが、そうしてそれなら八音ですむけれど、たとい九音になってもここはやはり「アメとツチとヒトと」と正しく読む方がよい。その方が信綱の心にも、またこの歌の心にもかなうと思われる。

歌意はいうまでもないことだが、「じつにありがたいことである。今日の一日も自分の生命が無事に過ごすことのできたのは、天と地と人との恩恵によるものである」といって、生きて行くことは自分一人の力によるものでないとへりくだっている。

これに類する歌はたくさんあろう。あると思われるし、あったと思われるのである。それならどのようなものがあったか、あるのかとなると、なかなか急には返事できないものである。それが特別な人でなく、ごく普通の人であったにしても、一生のうち何度かそういう思いをするものである。しなかったら人間ではないのだから、それを調べにのせて歌いあげたくなるのは当然である。同じような歌の多い所以だが、しかしそれはそれゆえに同類同型の歌になりやすく、したがってすぐれた歌ができにくいということから、歌いたくても歌わない人のたくさんいることも事実である。それに若い人が歌ったのでは、付焼刃《つけやきば》になるおそれがある。やはり人生の経験者、ある年齢層に達した人でないと、真実感はでてこないようである。

信綱は一九六三年十一月末、ふとしてひいたかぜがもとで一週間ほどわずらって十二月二日、熱海の山荘でなくなった。三代を生きぬいて数え年九十二歳、歌人として古今第一の長寿を全うした。これは遺詠として見つかった三首のうちのはじめの歌だが、発病前に作ったのだろう。その一日一日は、この歌に歌われている心そのままに天と地と人とに感謝しながら生きていたのである。けっしてうまい歌ではないだろう。素人《しろうと》の歌かとまちがうほどだが、すでに巧拙を超えている。あらゆる歌を、あらゆる歌の技術を知りつくした人が、今は何ものにも臆するなく、自分の調べ、心の調べそのままを歌ったのである。おのずから心は天地人の間に通じて、このような形の歌になった。だからたれも及ばないのだ。及びつきようがないのである。限りなく丈《たけ》高い歌で、しみじみとして頭のさがる歌である。

西上人長明大人《さいしやうにんちやうめいうし》の山《やま》ごもりいかなりけむ年《とし》のゆふべに思《おも》ふ（同）

佐佐木信綱

同じ遺詠の二首目である。「西上人」は西行法師のこと、あがめて上人といった。「長明大人」は鴨長明のこと、あがめて大人といった。西行は法師であるから上人でよいが、長明は純粋な意味で僧とはいえないから大人といった。むろん同じ語を避けるためもある。「年のゆふべ」は年の暮れ方である。一首の意は「昔の西行法師や鴨長明の山居生活はどんなふうであったのだろうか、年の暮れ方に思われる」というのである。前の歌とはちがうけれど、心のつながりが感じられる。自分も年老いて一人で山荘生活をしているものの、現代文明の恩恵をこうむって何不自由ない生活をしている。けれど西上人や長明大人の時代はちがう。それがどのように住みにくかったかと思いやっているのである。西行は出家して伊勢や吉野の奥に庵《いほり》を結び、長明は山城の日野の外山に住んで方丈記を書いた。乱世をはかなんで、ともに不便な山地に隠遁した人たちであるが、その心と生活を堪えがたいものであっただろうと同情しているのである。むろん西行や長明を慕えばこそであるが、信綱は明治九年数え年五歳の時に、父弘綱《ひろつな》から万葉集や西行の歌集「山家集」の暗誦を授けられている。そうして六歳の時に「障子からのぞいて見ればちらちらと雪のふる日に鶯が鳴く」と詠んで、父に賞《ほめ》られている。五、六歳ごろからの西行である。信綱が西行に格別心ひかれて、多くの書をなしたのもいわれなきことではない。七十いくつ、六十いくつでなくなった西行や長明を、九十歳を越えた信綱が、なお五、六歳ごろの心で思いしのんでいる。「年のゆふべに思ふ」が感深い。もう一首は次のように心を安く延べている。

空《そら》みどり真《ま》ひる日《ひ》匂《にほ》ふ日《ひ》金《がね》の山山草原《やまやまくさはら》はあたたかならむ

*

大君《おほきみ》の命《みこと》かしこみ磯《いそ》に触《ふ》り海原《うのはら》わたる父母《ちちはは》を置《お》きて（万葉集巻二十・四三二八）

防人《さきもり》

防人《さきもり》は崎守で、辺境を守る人の義。守備兵と考えてさしつかえない。二十歳以上六十歳までの屈強の男子が徴発され、対馬、壱岐、筑紫などを守備した。任期は三年で総数三千人ぐらい。とくに東国地方の防人が勇壮で名があった。それら防人の歌は巻七の古歌集の中に、また巻十四の東歌《あずまうた》の中に若干まじる程度であるが、巻二十には長短歌あわせて九十余首もあり、一団の防人歌篇をなしている。これは天平勝宝七年に防人の交代があり、その時に家持は兵部少輔の役目から防人を検閲したので、あわせてそれらの歌を採録したためである。家持はあらかじめ率者の国司、部領使《ことりづかい》に命じて、歌を進《たてまつ》らしめよといっておいたようである。

　防人たちは難波の津（今の大阪）に集合し、そこで検閲を受けて瀬戸内海を渡って筑紫の大宰府へ向かって行った。この歌は相模の国の部領使、すなわち防人輸送の役をしていた藤原宿奈麿《すくなまろ》が集めて進った歌のひとつで、助丁《すけのよぼろ》、丈部造《はせつかべのみやつこ》人麿《ひとまろ》という防人の作である。一首の意は、「天皇の命令を畏《かしこ》みたてまつって防人になって行くのだ。あぶない磯のへんを過ぎ、荒浪の海を越えながら、国元にはいとしい父母を残しておいて」というのである。この「大君の命かしこみ」はこの場合やはりなくてはならぬ語だ。少しもうつろなひびきがしない。それを受ける「磯に触り海原わたる」は海路渡航の状を具体的に、またよく単純化して結句の「父母を置きて」に対応する調べよき語となっている。防人の歌は東歌かと見まちがうほどである。なまりの多い語で、ひたすら相聞恋愛の情を歌っている。そういう中で、これはいかにも防人らしい防人の歌として注意せられる。なおこの「海原」を「ウノハラ」というのは集中これひとつである。なかなかよいと私は思っている。

霰降《あられふ》り鹿島《かしま》の神《かみ》を祈《いの》りつつ皇御軍《すめらみくさ》にわれは来《き》にしを（同四三七〇）　防人

「霰降り」は枕詞である。あられの降る音はかしましいから、そのカシマシを地名のカシマに掛けた。「鹿島の神」は茨城県鹿島郡鹿島町に鎮座する旧官幣大社鹿島神宮で、祭神は武《たけ》甕槌命《みかづちのみこと》。千葉県香取郡香取町に鎮座する旧官幣大社香取神宮の祭神経津主命《ふつぬしのみこと》とともに軍神として古代より崇敬されている。「皇御軍」は天皇の軍隊というので敬語を冠した。この歌は常陸《ひたち》（茨城県）那賀郡の上丁《かみつよぼろ》、大舎人部千文《おおとねりべのちぶみ》という人の作である。一首の意は、「武神にまします鹿島の大神に武運をお祈りしながら私は天皇の軍隊に加わってきた」というのである。この「霰降り」は枕詞ではあっても、あられ降る季節を、またあられ降る中をと受け取ってもかまわない。枕詞の意味を知りながら、なおかつそのように感じられるなら、それは一向にさしつかえのないことである。この歌もさっぱりして気持よい歌だ。戦争中愛国百人一首中に選ばれたりしたので、あるいはそれにこだわる人があるかもしれぬが、歌に罪はない。「来にしを」と「を」の助辞に感嘆の意をこめている。自身感奮しているのである。作者の純粋な心を思わねばならない。この防人はもう一首作っている。

　筑波嶺《つくばね》のさ百合《ゆる》の花《はな》の夜床《ゆとこ》にも愛《かな》しけ妹《いも》そ昼《ひる》も愛《かな》しけ（同四三六九）

「サユリ」を「サユル」「よとこ」を「ユトコ」となまっている。筑波山に咲いている百合の花のように、夜床の中でもいとしい妹は、むろん昼間も可愛い、というのだが、防人の作ではあっても防人の心に似合わない。歌そのものはなかなかの佳作で、「霰降り」の歌よりはすぐれているが、これはまったく東歌と同じだ。それでも家持はこだわらなかった。歌さえすぐれていれば遠慮せずに採《と》った。これは常陸国の部領使息長真人国島《おきながのまひとくにしま》が集めて進《たてまつ》った十七首から選んだ十首の中のひとつであるが、家持は「但し拙劣なる歌のみは取り載せず」とことわっている。進《たてまつ》らしめた歌は、すべてそういうようにしてよいものだけを採ったのである。しかし防人の歌はやはり防人の歌である。ずいぶんと称賛する人もあるけれど、いうほどのことはないのである。基底は東歌であり、東歌の範囲をいくらも越えるものではない。

＊

旅衣《たびごろも》うべこそさゆれ乗《の》る駒《こま》の鞍《くら》の高嶺《たかね》にみ雪《ゆき》つもれり（志濃夫廼舎《しのぶのや》歌集）

橘《たちばな》　曙《あけ》　覧《み》

師匠である田《た》中大秀《なかおおひで》を、飛驒の国にたずねて行った時の歌である。大秀は本居宣長の門に歌学を修し、歌集に荏野集《えなしゆう》などがあるが、声楽にも秀でていた。その大秀を慕って越前の福井からやって来たのである。この歌のすぐ前に「飛驒国にて白雲居の会に、初雁」と題して

妹《いも》と寝《ぬ》るとこよ離《はな》れてこの朝《あさ》け鳴《な》きて来《き》つらむ初《はつ》かりの声《こゑ》

という秀歌があり、これには「同じ国なる千種園にて、甲斐国のりくら山に雪のふりけるを見て」との詞書《ことばがき》があるが、甲斐国は誤りで、むろん飛騨から東に望まれる信濃ざかいの乗鞍岳である。一首の意は、「旅装束をとおして寒さがきつく身にこたえると思ったら、そのはずだ。乗る駒の鞍《くら》という名の乗鞍《のりくら》の高山に雪が積もっている」というのである。二句「うべこそ」だから「さゆれ」で、ほんとうにさえる、まことにさえるの意を強めたので、寒さの身にひどくこたえることである。なお三句「乗る駒の」は四句「鞍の高嶺」の枕詞のようなつかい方をしているけれど、これは乗鞍岳の高嶺を説明しただけで、したがって馬に乗って旅をしていると考えてはいけないのである。

曙覧の歌はだいたいからしてらくらくと歌われているのが多く、その代表作かのようにいわれる『独楽吟《どくらくぎん》』五十二首はいっそうらくらくと歌われているので、万葉一点ばりの人びとからは軽く見過ごされることもあるが、この歌などは優れている。「妹と寝る……初かり」の歌の方がいっそう優れているかもしれぬが、これらは万葉でもなければ、むろん古今・新古今でもない。どちらかといえば万葉ふうだが、それもかすかなものである。おおかたは古今・新古今ふうのものではあるが、そういうことよりも、それらとはまったく異なる自由な姿が見られるとともに、そこにかなり高いと思われる詩情のあることに気づく。これがこの時代の、そうして曙覧の歌のいちばん大切なところだが、独楽吟となるとやや低いように思われる。

楽《たの》しみは草《くさ》のいほりのむしろ敷《し》きひとり心《こころ》をしづめをる時《とき》
楽《たの》しみは妻子《めこ》むつまじくうち集《つど》ひ頭並《あたまなら》べてものを食《く》ふ時《とき》
楽《たの》しみは心《こころ》に浮《うか》ぶはかなごと思《おも》ひつづけてたばこ吸《す》ふ時《とき》
楽《たの》しみは乏《とぼ》しきままに人集《ひとあつ》め酒《さけ》のめものを食《く》へといふ時《とき》
楽《たの》しみは童墨《わらはすみ》するかたはらに筆《ふで》の運《はこ》びをおもひをる時《とき》
楽《たの》しみは神《かみ》のみ国《くに》の民《たみ》として神《かみ》のをしへを深《ふか》くおもふ時《とき》

初句が「楽しみは」で、最後を「時」で結ぶ。興味にまかせて歌い放しているようだ。それが俗なことをいっている時も、下品にならない。その心は明るく、こだわりがないから、わりあいに人受けがして愛誦されるが、この乗鞍岳の歌からすると一段も二段も劣るようだ。

こぼれ糸網《いとあみ》につくりて魚《うを》とると二郎太郎三郎川《じらうたらうさぶらうかは》に日《ひ》くらす（同）

橘　曙　覧

「松戸にて口よりいづるままに」の詞書ある五首中の二首目。そのいうとおり口から出まかせに歌ったのかもしれぬが、この「松戸」は地名でない。三首目に

我《われ》とわが心《こころ》ひとつに語《かた》りあひて柴《しば》たきふすべくらす松《まつ》の戸《と》

というのがあり、その家を藁屋《わらや》とも松戸とも号していた。この二郎太郎三郎は曙覧の子の今滋、菊蔵、早成の三兄弟をいうのであらう。網を修繕している漁夫たちから残り糸をもらい、それで編んだ網で三人のわんぱく兄弟が一日中川へはいって魚を取って遊びほうけているというので屈託がない。太郎と二郎を逆にしたのもかえって面白い。自由暢達《ちょうたつ》、前の歌とは違うけれど、これも曙覧の一方の代表作である。

花《はな》めきてしばし見《み》ゆるもすず菜《な》園田《そのた》伏《ぶせ》の芦《あし》に咲《さ》けばなりけり

藩主松平慶永《よしなが》（春嶽《しゅんがく》）が、福井三橋町の曙覧の草庵をたずね、城中で古典の講義をするようにと懇望した時、辞退して春嶽に贈った歌である。これに対して春嶽は歌っている。

鈴菜《すずな》園田《そのた》伏《ぶせ》の芦《あし》に咲《さ》く花《はな》を強《し》ひては折《を》らじさもあらばあれ

ふたりの面目まさに躍如たるものがある。

*

恋《こ》ひ恋《こ》ひて逢《あ》へる時《とき》だに愛《うつく》しき言尽《ことつく》してよ長《なが》くと思《おも》はば（万葉集巻四・六六一）

大伴坂上郎女《おおとものさかのえのいらつめ》

大伴坂上郎女は旅人《たびと》の妹である。はじめ天武天皇の皇子穂積《ほづみ》親王に召され、親王薨去の後は鎌足の孫藤原麻呂の妻となり、ついで異母兄の宿奈麻呂《すくなまろ》に嫁して坂上大嬢《おおいらつめ》と二嬢《おといらつめ》を生んだ。坂上《さかのえ》の里にいたのでそう呼ばれた。天平時代を代表し、大伴家の末期をいろどる女流歌人の第一人者である。

「恋ひ恋ひて」は恋しくて恋しくてたまらないということであろう。「逢へる時だに」は逢っている時だけでもせめて、というほどの思いをこめている。「愛《うつく》しき言《こと》」は愛情のこもった親しく優しい言葉。「尽《つ》してよ」は尽くして下さいよの意。「長くと思はば」はいつまでも末長くと思うならばである。一首の意はいうまでもないことだが「恋しくて恋しくてたまらなかった。それが今やっとお逢いできたのですから、せめてこの時だけでも優しいことばのありったけを聞かせて下さいな、いつまでも末長くとお思いなさるならば」と女が男に甘えているのだ。いや訴えているので、それが「長くと思はば」の結句にいいふくめられている。けれども仮にこれが男だったらこのようなだめおしみたいなことはいわないだろう。それをいうところが女である。女心というものだろうが、それで男はいよいよ女を可愛いと思うようになる。男というものをよく知っている女の歌だが、そこでもしこういうのを散文で表現したとしたらどうなるか。それはどんなに巧く書かれてあろうと、いやらしくて読めないのでないか。数十語、数百語、いや長くなるほどいよいよいやらしいものになるに違いない。散文で書けないのが歌である。書けないところだけが歌だといってもよいが、私はこの歌の解釈をしてその大意を述べながら憮然《ぶぜん》たる思いをする。よい歌は解釈や鑑賞の手を用いるまでもない。すぐれた歌はよいの一語でたくさんだ。

この歌は坂上郎女が大伴駿河麻呂《おおとものするがまろ》の歌に答えた六首中の終わりの一首だが、姉の坂上大嬢は従兄《いとこ》にあたる家持の妻となり、夫の任地越中に赴いたが、妹の坂上二嬢はこの駿河麻呂に嫁している。するとこの歌は自分の娘婿《むすめむこ》との相聞恋愛歌ということになるが、これは坂上郎女が娘の二嬢のために代作したので、その事情を知っている家持が、大伴家の家集を編纂する時、本当の作者名を出したのだろう、というのが折口信夫の想像である。

この説は信用できる。すなわち姉の大嬢は家持との贈答歌十一首があるのに、妹の二嬢は一首もない。大伴家の女としては不思議に思われるほどだが、やはり作らない人もあったわけだ。この歌は若い女の歌ではなく、男女の間をよく知っている恋の経験者、その遍歴者の口吻の感じられるところ、さすがは坂上郎女なればこそと思われる。

留《とど》め得《え》ぬ命《いのち》にしあれば敷栲《しきたへ》の家《いへ》ゆは出《い》でて雲隠《くもがく》りにき（同巻三・四六一）

大伴坂上郎女

長歌の反歌である。左注によると、日本に帰化して早くから大伴家の客となっていた新羅の国の尼理願《りがん》が天平七年に病死した。この時すでに旅人は没しており、家持はまだ若かった。そうして坂上郎女の母石川命婦《ひめとね》は有馬の温泉に療養に行っていて不在。そこで葬送のことはるすをあずかっていた郎女の手で行なわれた。これはそのことを歌って有馬にいる母のところへ報告したのである。長歌を見ると、大伴家では佐保の邸宅内に別棟を新築して理願を寄寓させていたことが歌われている。土屋文明は、新羅の国は当時にあっては文化の先進国だから、今でいえば外国婦人を家庭教師とするように待遇していたのではないかと思うといっているが、そういう意味もあったかもしれない。「敷栲の」は枕詞、「家ゆ」は家から、「は」は「命にし」の「し」とともに強めの助詞。「ひきとどめることのできない人の寿命であるから、住みなれた家から出て雲隠れておしまいになった」というのである。ごく普通のことをいっているにすぎないが、結句の「雲隠りにき」に哀感がある。つづけてなおもいいたい悲しみをこらえている。かえって心にひびくのである。

＊

独《ひと》りして堪《た》へてはをれどつはものの親《おや》は悲《かな》しといはざらめやも（歌集・幸木）

半《はん》田《だ》良《りよう》平《へい》

昭和十九年作。「信三を偲ぶ」九首中の一首で、この一連には「七月一日は陰暦五月十一日に当り朧ろなる夕月空にありき」の詞書がある。七月七日はサイパン島失陥、全軍が玉砕した日である。けれどもそれは後になって報じられたので、その日は何もわからなかった。詞書はそのことを物語っているが、この詞書はこの一連の作にあってはたいせつな意味を持つものである。良平の三男信三は、兵としてそのサイパン島にとどまっていた。

報道《はうだう》を聴《き》きたる後《のち》にわが息《いき》を整《ととの》へむとぞしばし目《め》つむる

それがどんなに大きな驚きであったか。入る息、吐く息もとまるほどだった。目の先がまっ暗になってしまったのだろう。それをじっとたえしのんでいるさまの歌である。そうしてやがてしずかに感慨を叙したのがこの歌である。「独りして堪へてはをれど」といっている。この「独りして」は「たった一人で」あるとともに「黙って一人」という思いがこもっている。当時は私事《わたくしごと》はゆるされなかった。一億総動員で、戦争のためにはいっさいを犠牲にしてかえりみられなかったのだから、みだりごとはいえなかった。戦争の状況は日々に不利で、現実は暗澹たるものであったけれど、涙をこらえてしのぶほかなかった。ましてやそれが「つはものの親」である。命をささげた兵の親であるだけに、それはいっそう切実、また悲痛であった。「悲しといはざらめやも」といっているのはそれである。世の常の悲しみではない。「つはものの親」共通の悲しみをわが悲しみとしているだけに、この悲しみは客観的なひろがりを持っている。

かけ声だけのうつろな戦争の歌が多かった中で、この歌は今も真実の声を伝えるものである。この歌につづいて、

生《い》きてあらば彩帆島《サイパンたう》にこの月《つき》を眺《なが》めてかゐむ戦《たたか》ひのひまに
みんなみの空《そら》に向《むか》ひて吾子《あこ》の名《な》を幾《いく》たび喚《よ》ばば心足《こころた》りなむ
彩帆《サイパン》はいかにかあらむ子《こ》が上《うへ》を昨日《きのふ》も憂《うれ》ひ今日《けふ》も憂《うれ》ふる
彩帆《サイパン》にいのち果《は》てむと思《おも》はねば勇《いさ》みて征《ゆ》きし吾子《あこ》し悲《かな》しも

などの佳作がある。しかしこれにつづく「子らに後《おく》れて」と題する二首がとくに心に沁む。

若《わか》きらが親《おや》に先立《さきだ》ち去《い》ぬる世《よ》を幾世《いくよ》し積《つ》まば国《くに》は栄《さか》えむ
人《ひと》は縦《よ》しいかにいふとも世間《よのなか》は吾《われ》には空《むな》し子《こ》らに後《おく》れて

同感させられる。そうして同情する。「子らに後れて」といっているのは、良平は三人の子を三人とも死なしているからである。それもみな一人前に成人した子である。はじめに二男を、次に長男を、そうして最後に三男を、しかもみずからも病気して、昭和二十年五十九歳でなくなった。

一日《いちにち》の或《あ》る時刻《じこく》には雀《すずめ》らは見《み》ゆるところに一《ひと》つもをらず（同）

半田良平

病間の作であろう。ふと気がついてみるとスズメはひとつもおらない。屋根や庭木にとまってにぎやかに鳴きあっていたスズメがひとつも影を見せない。いったいどうしたのか、どこへ行ったのかと小首をかしげている歌である。そこで思いかえしてみると「一日の或る時刻には」必ずそのようなことがある。そのようなことがあったと気がついたのである。何でもない歌のようだが、そうではない。言葉と内容がひとつになっているので「一日の或る時刻」という感じ方、把握の仕方は「見ゆるところに一つもをらず」のそれと渾然一体化している。地味な歌だけれど深い味わいがある。詩人としての良平のよい面が最高度に出ている歌である。これを良平の代表作としてもよいだろう。私は大いに推奨するが、良平のよさはやはり師の窪田空穂のよさを継承するものであろう。同じ空穂門下では、それが松村英一や植松寿樹よりはやや強く感じられる。歌にくせがなく、たれにも共感される歌が多いように思う。

*

雨冷《あめひ》ゆるゆふべ俄《には》かに火《ひ》を熾《おこ》し吾《われ》にあたれといふかわが妻《つま》(歌集・山の井)

松《まつ》村《むら》英《えい》一《いち》

昭和二十三年の作で「小居雑吟」と題する十首中の一つである。冷たい雨の日の夕べに妻が炭火をおこして自分にあたれといった、というだけのことだからうっかりしていると見のがしてしまう。しかし心をとめて読み味わえば尽きぬ味わいがにじみ出てくる。これはながい人生を、苦楽をともにしてきた老夫婦が、たがいにその身を思いやりいたわりあっているので、すでに愛情などという言葉を越えている。昼間から降っていた雨が日暮れになって冷え出した。寒いと思っていたらとたんに妻が炭火をおこしはじめた。それが「ゆふべ俄かに」である。この「俄かに」の語に感慨がある。妻の心がわかるからである。そうして「吾にあたれといふかわが妻」と感謝している。「いふか」は「いうてくれるのがうれしいよ、ありがたいよ」という思いをこめているので、この「か」は疑問ではなく感歎の意につかわれている。仔細《しさい》に見るとやはり年季のはいった人だけに一言一句もゆるがせにしていない。むろんはでなところは何もなく、じみすぎるほどの歌だけれど、そうしてそれがこの人の歌風でもあるが、何となく米の飯を食っているようで、飛びつくほどのことはないが、いつまでも飽きないのである。この十首中には次のような佳作がある。

みじめなる記憶《きおく》の一《ひと》つ糠《ぬか》をさへ煎《い》りてくらひし妻《つま》とわが過去《くわこ》
わが妻《つま》はもんぺをはづす時《とき》ありや深《ふか》き歎《なげ》きといふにもあらず
髪白《かみしろ》くなりて遙《はる》けき四《し》十年《じふねん》妻《つま》虐《しひた》げしわれにあらぬか
わが手《て》より受取《うけと》る金《かね》を罪犯《つみをか》す如《ごと》しと言《い》ひて妻《つま》の持《も》ちゆく

思出《おもひで》を苦《にが》しといひ亦甘《またあま》しといふ老《お》いての心《こころ》むなしとはせず

両《りやう》の手《て》に膝《ひざ》をかかへて寒《さむ》からず光《ひかり》はながき今日《けふ》の夕《ゆふ》ばえ

糟糠《そうこう》の妻とはこういうものであろうか。「みじめなる」の歌は思い出として文字どおりそのことを歌っており、「わが妻は」の歌は戦中戦後のみじめな生活の慣れとあきらめを歌っているが、「髪白く」の歌では強く反省し自責しているおもむきである。「わが手より」の歌は困窮しているさまがさながらに思いしのばれて涙が出るが、「思出を」の歌はさすがにさまざまの苦労をしてきた人だけに「老いての心むなしとはせず」とたじろがない。その心は「両の手に」の歌のように人生を「寒からず」と観じている。これがこの人の歌の心である。

しづかなる明暮《あけくれ》にして渡《わた》り鳥《どり》わたるとき来《き》ぬあかつきの声《こゑ》（歌集・雲の座）

松　村　英　一

昭和二十九年の作で「篠の葉」九首中のひとつである。これは歌集『雲の座』に登載されるはずだが、この歌集は未刊である。しかし『松村英一全歌集』の下巻に入れられてある。

この歌の前に、

目上《めうへ》びと大方死《おほかたし》にて終戦後《しゆうせんご》の十年《じふねん》にわが老《おい》もしるけし

武蔵野《むさしの》のむらさきの種《たね》まきおきて必《かなら》ずとわが頼《たの》むにもあらず

朝《あさ》の空鳴《そらな》きて四五羽《しごは》の飛《と》びゆくは椋鳥《むくどり》ならむまれまれに見《み》し

というような佳作がある。いずれもしずかな口つきの歌で、何か思いあきらめているかのようなおもむきが感じられる。この歌の渡り鳥は何だろう。ムク鳥の歌があるからムク鳥かもしれないが、ムク鳥も四、五羽だけでなく群れをなすと数千羽ぐらいの時もある。夜明けごろねぐらをいっせいに飛び立って空を渡る。そうして夕方に小群をなしてあちこちからもどって来る。秋から冬中を来ているから、朝々ねぐらを飛び立って鳴きながら空を渡るのは壮観である。

この歌のあとに

心待《こころま》つあかつきの空《そら》に騒然《さうぜん》と音《おと》はちかづくわたり鳥《どり》の群《むれ》

というのがある。この方がいっそう優れているかもしれないが、その羽音、その鳴き声は騒然というにふさわしい。作者の家は城北である。新宿に近い西大久保の地だが、東京は森が多いから渡り鳥が来る。これは確かにムク鳥の歌だが、この人の歌としてはめずらしく美しい調べの、そうして心の澄んだ清らかな歌である。六十五、六歳の時の歌か。悪戦苦闘してようやくここにたどりついた。努力して来た人のおもかげがしのばれ、その心境に同情する。

＊

田児《たご》の浦《うら》ゆうち出《い》でて見《み》れば真白《ましろ》にぞ不尽《ふじ》の高嶺《たかね》に雪《ゆき》は降《ふ》りける

（万葉集巻三・三一八）
山《やま》部《べの》赤《あか》人《ひと》

不尽山《ふじのやま》を望んで詠んだ長歌の反歌である。「田児の浦」は静岡県。今は富士川口以東の海浜を田子の浦と呼んでいるが、当時はそれより更に西方の庵原郡興津川口《いはらぐんおきつ》へんまでを含むそれら一帯の海岸をさしたもののようである。だからこの歌は現在の静岡を経て清水を過ぎ、興津のあたり田児の浦まできて富士山を仰ぎ見たと考えてよい。

「田児の浦ゆ」の「ゆ」は、「より」という意味もあるから、「田児の浦より」と解されやすいが、そうして斎藤茂吉などはそれによっているけれど、ここは当然「に」の意味に解すべきである。ただここを「に」としたのでは「真白にぞ」「高嶺に」の「に」音が重なってしらべも悪く、またことわりすぎることにもなるので「に」を避けて「ゆ」にしたのであろう。「うち出でて」の「うち」は接頭語で意味はないが、「出でて」を強調する若干の役は果たしていると見られる。

微妙な心づかいは作者内がわのこと。作られた歌は秀嶺富士さながらにすがすがしくも神々しい。堂々としていてりっぱなのだ。古来富士山を詠んだ歌は数多いが、未だこの一首に及ぶものがない。その一部分、その特殊な場合などを詠んだのと違って、これは真正面から詠んでいる。誰もが見、誰もが感じると同じ富士山なのである。

富士山は完璧に表現せられ、人は富士山とはこの歌のようであると信じている。叙景歌の絶唱であり、赤人の作中でも傑作であるが、にもかかわらず今日のわれわれは正直に言ってこの歌からはあまり感動を受けないのである。新鮮な感動を覚えないのである。

それは近代悪に染んで、純粋性をなくしているわれわれ自身にも責任はあろう。が、富士山と同じく昔からこれほど人口に膾炙《かいしや》している歌もないのである。あまりに人びとに親しまれた。あまりになれなれしくもてあつかわれた。あたかも銭金《ぜにかね》のように人の手垢に汚され、今度は歌そのものまでが無感動を強いられる形になった。むろん今にはじまったことではない。罪は遠く新古今集にあり、百人一首によってそれがいっそう普遍化した。

　　田子《たご》の浦《うら》にうち出《い》でて見《み》れば白妙《しろたへ》の富士《ふじ》の高嶺《たかね》に雪《ゆき》は降《ふ》りつつ

新古今集ではこのように詞句が改められている。「ゆ」が「に」となり、「真白にぞ」が「白妙の」となり、「雪は降りける」が「雪は降りつつ」となっている。「ゆ」と「に」とは意味は同じであっても「ゆ」の方が語感が強い。「真白にぞ」は印象を直叙しているのだが「白妙の」は比喩だ。「雪は降りける」は降り積もった雪の高嶺を晴天に望み見ている状態だが、「雪は降りつつ」では現在雪が降っていることになり、雪が降っていたのでは「白妙の富士の高嶺」は見えるはずもない。

長い間伝誦されているうちにこのように変わったのか、それとも新古今集編者たちの手で作り変えられたのか。どちらとも分らぬにしても新古今集ふうの歌に成り下がっていることだけは確かである。私はけっして万葉一辺倒ではない。どころか新古今集の手のこんだ人工的な歌もよしとするものではあるが、この歌などは事実をひんまげて勝手な想像を加え、純粋な原作者の感動を観念的に情趣化したりして新古今集歌風の悪い半面を暴露した。これがそのまま百人一首に入れられて今日に至っているわけだ。それにわずらいされたのは赤人だけではなく、われわれもである。これらの迷妄を一掃し純真無垢《むく》な心に立ちかえり、もう一度この歌を見なおしたい。

＊

ひむがしの野《ぬ》にかぎろひの立《た》つ見《み》えてかへり見《み》すれば月《つき》かたぶきぬ

（万葉集巻一・四八）

柿本人麿《かきのもとのひとまろ》

「東の野を見ると、空はすでに暁の光がみなぎり、雲はくれないに染んでいる。ふとふりかえると月は西に落ちかかっていた」というので、情景がただちに読者の目に浮かんでくる。

雄大な天地自然の景をとらえて一挙のうちに詠歎した。このしらべの美しさは格別のものだ。

しかるに伊藤左千夫は四句「かへり見すれば」をもって「稚気を脱せず」とか「俳優の身振めいて」とか非難しているのに対して、門下の斎藤茂吉は「それはやや酷ではあるまいか」とか「やや見当の違った感がある」などと遠慮しいしい褒めている。ややどころでなく大いなる見当違いだ。そこへ行くと同じ左千夫の門下でも島木赤彦の方は、はじめからべた褒めだった。私の二十歳そこそこのころだが、私は赤彦の説得力に参ってしまい、よくこの歌を高々と朗誦しては、青春の鬱を晴らしたりした。

この歌は後に文武天皇となる軽皇子《かるのみこ》が安騎野へ行かれた時、人麿が従って行って作った長短歌五首の中の一首。この時軽皇子はまだ十歳ぐらい。それは皇子の父である故日並皇子《ひなみしのみこ》（草壁皇子）がかつて安騎野で狩猟をされたことがあり、それがやはり十歳ぐらいの少年であったことをなつかしく思っての安騎野行であったようだ。長歌は有名だけれどはぶくとして、他の三首の短歌も秀れた作だからあげておく。

安騎《あき》の野《ぬ》に宿《やど》る旅人《たびびと》うちなびき寝《い》も寝《ぬ》らめやも　古《いにしへ》おもふに（同四六）

真草《まくさ》刈る荒野《あらぬ》にはあれど黄葉《もみぢば》の過《す》ぎにし君《きみ》が形見《かたみ》とぞ来《こ》し（同四七）

日並《ひなみし》の皇子《みこ》の尊《みこと》の馬並《うまな》めて御《み》猟《かり》立《た》たしし時《とき》は来《き》向《むか》ふ（同四九）

はじめて安騎野へ行ったのは大正十二年関東大震災の直前、八月の暑い日盛りだった。初瀬から吉隠《よなばり》を山越しに榛原《はいばら》に出、そこから現在の大宇陀町の中心地の松山に至り、そのころ神戸村《かんべむら》だった迫間《はさま》の阿紀神社にたどり着いた。そうしてこの神社を中心とする松山町へん一帯の山野が安騎野であろうと考えた。現在は阿紀神社にほど近い長山という丘陵の上に、この歌の碑が建っている。書は佐佐木信綱博士、裏面は新村出《しんむらいずる》博士の撰文、自然石に彫りこまれてある。けれど碑は畑の中で、行く道も定かにはわかりにくい。ようやくたずね当てても今ごろなら麦生を踏まねば立つ場所さえない。これと直接には関係ないが、橿原の歴史館にはこの歌にちなむ中山正実画伯の「阿騎野の朝」なる壁画がかかげられてあり、そうしてこの歌の作られた年月は持統天皇の六年十一月十七日であるから、太陽暦では十二月三十一日午前五時五十五分前後、東京天文台辻光之助技師及び編暦寺田技手の援助で天文台長の許可を得て発表した旨が記されてある。この歌には雪は直接には歌われていないが、長歌には歌われている。それを思ってこの歌を味わうとまたひとしおに感深いものがある。

あとがき

昭和三十九年一月より十二月まで、毎週二回ずつ四、五枚のわりあいで、大阪読売新聞文化欄（中途から九州読売新聞にも）に「秀歌鑑賞」を書きつづけた。百回近く書いたが、一回二首がたてまえだったので、二百首ぐらいとりあげたことになる。本書はそのなかの七十七回分を収めたから、百五十首余に及んでいよう。

新聞の連載であるから、季節に関係ある歌は、なるべく季節にあわせるようにした。春に秋の歌を、夏に冬の歌をあえてとりあげることもないと思ったからである。俳句と違うのだから、そうこだわらなくてもよいのであるが、しかし季節にかかわりのない歌は適当に配置配分して、なるべく単調感を持たしめまいと考慮した。

それから、とりあげた歌は新旧混淆している。古くは記紀・万葉、古今・新古今など二十一代集時代から、中世を経て徳川、明治、それに現代まで、名歌といわれ、秀歌と思われるいくばくかを順序なくとりあげている。万葉なら万葉、現代なら現代とまとめて時代別に書くのでないから、とまどうこともあったが、またおもしろくもあった。私自身にはよい勉強になった。そんなわけで本書はどこから読んでもらってもよいのである。十二か月にわけたのは、今いう季節のこともあるが、まだ便宜的なもので、読みよいようにしたつもりである。

なおこれを書くについては、いろいろと先人の恩恵に浴している。そのつどそれを書き記しもしたが、そうでない場合もある。しかし鑑賞そのものは私の考えどおり思うままを述べている。よいと思うところをできるだけいうことにしたが、妥協したとは思わない。大阪読売新聞には二年にわたって今年もこれを書きつづけている。すでに百七十回を越えている。最後に、新聞の切り抜きを大事にしまっておき、本書のために浄書してくだされた京都の神代明代と、面倒をおかけした筑摩書房の東博、藤原成一の両氏に感謝する。

昭和乙巳十一月一日

奈良　積日舎　佐美雄

新装版に当って

本書は、さきにグリーンベルト・シリーズの一冊として刊行したものである。幸い、読者の好評を得ることができ、今回、新装版として改めて刊行することとなった。旧版のあとがきに書き洩らしたが、本書では、引用の歌はすべて旧仮名、ルビも同様である。現代の歌など、ルビのないのが多いが、誤読のないようにとあえてルビを付した。本文はむろん新仮名によるが、引用文は原文を尊重した。

昭和四十六年春

茅ケ崎にて　著者

KODANSHA

本書の原本は、一九七一年に筑摩書房から刊行されました。

読みやすさに配慮して統一やルビの追加を行い、原本の表記を最大限尊重しつつも、明らかな間違いは訂正してあります。なお、読解の一助として編集部による注記を〔 〕の形で挿入してあります。

また、本書には今日では差別的とされる表現が見られますが、差別を助長する意図がないこと、また著者が故人であることから、原本のまま収録することにいたしました。読者諸賢におかれましては、何とぞご理解を賜りますよう、お願い申し上げます。

前川佐美雄（まえかわ　さみお）

1903-90年。奈良県生まれ。歌人。東洋大学卒業。佐佐木信綱門下。歌誌「日本歌人」創刊。朝日歌壇の選者を務める。日本芸術院会員。1972年，第6回迢空賞受賞。1990年，勲三等瑞宝章受章。歌集に『植物祭』『大和』『白鳳』『天平雲』『捜神』『白木黒木』など，その他の著書に『短歌随感』『日本の名歌』などがある。

講談社学術文庫

定価はカバーに表示してあります。

秀《しゅう》歌《か》十《じゅう》二《に》月《つき》

前川《まえかわ》佐《さ》美《み》雄《お》

2023年５月11日　第１刷発行

発行者　鈴木章一
発行所　株式会社講談社
東京都文京区音羽 2-12-21 〒112-8001
電話　編集（03）5395-3512
販売（03）5395-4415
業務（03）5395-3615
装　幀　蟹江征治
印　刷　株式会社ＫＰＳプロダクツ
製　本　株式会社国宝社
本文データ制作　講談社デジタル製作

ISBN978-4-06-531426-5

#「講談社学術文庫」の刊行に当たって

これは、学術をポケットに入れることをモットーとして生まれた文庫である。学術は少年の心を養い、成年の心を満たす。その学術がポケットにはいる形で、万人のものになることは、生涯教育をうたう現代の理想である。

こうした考え方は、学術を巨大な城のように見る世間の常識に反するかもしれない。また、一部の人たちからは、学術の権威をおとすものと非難されるかもしれない。しかし、それはいずれも学術の新しい在り方を解しないものといわざるをえない。

学術は、まず魔術への挑戦から始まった。やがて、いわゆる常識をつぎつぎに改めていった。学術の権威は、幾百年、幾千年にわたる、苦しい戦いの成果である。こうしてきずきあげられた城が、一見して近づきがたいものにうつるのは、そのためである。しかし、学術の権威を、その形の上だけで判断してはならない。その生成のあとをかえりみれば、その根は常に人々の生活の中にあった。学術が大きな力たりうるのはそのためであって、生活をはなれた学術は、どこにもない。

開かれた社会といわれる現代にとって、これはまったく自明である。生活と学術との間に、もし距離があるとすれば、何をおいてもこれを埋めねばならない。もしこの距離が形の上の迷信からきているとすれば、その迷信をうち破らねばならぬ。

学術文庫は、内外の迷信を打破し、学術のために新しい天地をひらく意図をもって生まれた。文庫という小さい形と、学術という壮大な城とが、完全に両立するためには、なおいくらかの時を必要とするであろう。しかし、学術をポケットにした社会が、人間の生活にとってより豊かな社会であることは、たしかである。そうした社会の実現のために、文庫の世界に新しいジャンルを加えることができれば幸いである。

一九七六年六月　　野間省一

文学・芸術

三木紀人《すみと》全訳注
徒然草（一）〜（四）
美と無常を、人間の生き方を透徹した目でながめ、価値あるものを求め続けた兼好の随想録。全二百四十四段を四冊に分け、詳細な注釈を施して、行間に秘められた作者の思索の跡をさぐる。（全四巻）
428〜431

久富哲雄《ひさとみてつお》全訳注
おくのほそ道
芭蕉が到達した俳諧紀行文の典型が『おくのほそ道』である。全体的構想のもとに句文の照応を考え、現実の景観と故事・古歌の世界を二重写し的に把握する叙述法などに、その独創性の一端がうかがえる。

452

桑田忠親著
茶道の歴史
茶道研究の第一人者による興味深い日本茶道史。能阿弥＝紹鷗＝遠州＝宗旦と大茶人の事跡をたどりつつ、歴史的背景や人物のエピソードをまじえながら、茶道の生成発展と「茶の心」を明らかにする。

453

安良岡康作《やすらおかこうさく》全訳注
方丈記
「ゆく河の流れは絶えずして」の有名な序章に始まる鴨長明の随筆。鎌倉時代、人生のはかなさを詠嘆し、大火・大地震・飢饉・疫病流行・人事の転変にもまれる世を遁れて出家し、方丈の庵を結ぶ経緯を記す。

459

桑原博史全訳注
西行物語
歌人西行の生涯を記した伝記物語。友人の急死を機に、妻娘との恩愛を断ち二十五歳で敢然出家した武士藤原義清の後半生は数奇と道心一途である。「願はくは花の下にて春死なむ」ほかの秀歌群が行間を彩る。

497

有吉　保全訳注
百人一首
わが国の古典中、古来最も広く親しまれた作品百首に明快な訳注と深い鑑賞の手引を施す。一首一首の背景にある出典、詠歌の場や状況、作者の心情にふれ、さらに現存最古の諸古注を示した特色ある力作。

614

文学・芸術

神保璟一郎《じんぼけいいちろう》著
クラシック音楽鑑賞事典

人々の心に生き続ける名曲の数々をさらに印象深いものとする鑑賞事典。古典から現代音楽まで作曲者と作品を網羅し、解説はもとより楽聖たちの恋愛に至るまでが語られる。クラシック音楽愛好家必携の書。

620

俳句　四合目からの出発
阿部筲人《しょうじん》著（解説・向井　敏）

初心者の俳句十五万句を点検・分類し、そこに共通して見られる根深い欠陥である紋切型表現と手を切れば、今すぐ四合目から上に登ることが可能と説く。俳句上達の秘密を満載した必携の画期的な実践入門書。

631

岡倉天心著（解説・松本三之介）
東洋の理想

明治の近代黎明期に、当時の知性の代表者のひとり天心は敢然と東洋文化の素晴らしさを主張した。「我々の歴史の中に我々の新生の泉がある」とする本書は、日本の伝統文化の本質を再認識させる名著である。

720

次田香澄全訳注
とはずがたり（上）（下）

後深草院の異常な寵愛をうけた作者は十四歳にして男女の道を体験。以来複数の男性との愛欲遍歴を中心に、宮廷内男女の異様な関係を生々しく綴る個性的な手記。鎌倉時代の宮廷内の愛欲を描いた異彩な古典。

795・796

久松真一著（解説・藤吉慈海）
茶道の哲学

茶道の本質、無相の自己とは何か。本書は、著者の茶道の実践論ともいうべき「茶道箴」を中心に展開。「日本の文化的使命と茶道」「茶道における人間形成」等の論文をもとに茶道の本道を説いた刮目の書。

813

山本健吉著
基本季語五〇〇選

『最新俳句歳時記』『季寄せ』の執筆をはじめ、多年に亘る俳句研究の積み重ねの中から生まれた季語解説の決定版。俳句研究の最高権威の手に成る基本歳時記で、作句の全てはこの五百語の熟読理解から始まる。

868